Un jardín al fondo de la noche

XIMENA SANTAOLALLA

Un jardín al fondo de la noche

RANDOM HOUSE

Papel certificado por el Forest Stewardship Council®

Un jardín al fondo de la noche

Primera edición: septiembre, 2025

penguinlibros.com

ISBN: 978-607-386-388-9

Impreso en México – *Printed in Mexico*

Mi alma es un vampiro grueso, granate, aterciopelado. Se alimenta de muchas especies y de solo una. La busca en la noche, la encuentra, y se la bebe, gota a gota, rubí por rubí. Mi alma tiene miedo y tiene audacia. Es una muñeca grande, con rizos, vestido celeste. Un picaflor le trabaja el sexo. Ella brama y llora. Y el pájaro no se detiene.

MAROSA DI GIORGIO

Ya los buitres
se alimentan de flores

CARMEN CECILIA MORALES

Él me mira desde la otra esquina del sillón de cuero y, sin dejar de sonreír, da tres palmadas al asiento junto al suyo; tomo mi copa casi vacía y me acomodo en el lugar indicado.

Como perra obediente.

Sé que en la casa no hay nadie más, nadie que pudiera llamarme un taxi. Mi celular no prende y me pregunto si él tiene la intención de cobrarse la cena, si piensa darme un aventón, si será buena idea volver a pedirlo. Hago un recuento de lo que comí y bebí: ensalada de betabel, dos tequilas, un tiramisú, ¿cuánto pudo costar?

—¿Me prestas tu teléfono? —pregunto.

—No sirve.

Mentira, en esta casa de set de grabación todo sirve. Oigo ruido en la cocina. Alguien al acecho, como en una película.

—Son los perros —explica él—. Nos cuidan.

Fuera de que no pude convencerlo de llevarme directo a casa luego del restaurante, supongo que es buena gente.

Un poco pesado, pero está bien. Rescató a esos perros (grandes, enormes), dice que se dedica a prestarles dinero a mujeres emprendedoras, mujeres de bajos recursos, que compra botellas de vidrio en vez de plástico y hasta deja más del quince por ciento en los bares. No sé más. Me lo presentaron en la boda de la prima de la prima, nos divertimos.

Mientras pienso en todas esas cosas, me quedo muy quieta; la línea de su frente es una sola, marcada y recta; por la sombra parece que fuera otra boca, una larga, profunda y fina; imagino su cara al revés y aguanto la risa. Él estira su brazo, rodea mis hombros y me jala hacia sí, pero permanezco tiesa. Él suspira, su pierna se balancea como en un tic-tac, tic-tac; lo disimula estirando la sonrisa que marca sus arrugas. ¿Y si se rompe esa sonrisa y se vuelve furia?

Ahora sonrío yo, tal vez demasiado, no quiero hacerlo enojar. Pregunta si me gustó la cena, si disfruto su compañía. Los perros ladran, ¿hay alguien afuera? Si hay alguien afuera, dice, lo matan a mordidas. Otra vez sonrío demasiado. Aquí conmigo, dice, nada puede pasarte. No respondo y él suspira de nuevo. La pierna se balancea más rápido, un par de pelitos recortados sobresalen de su nariz, saludando. Eres bonita, dice, y además inteligente, ¿ya te lo habían dicho? Rio de vergüenza y mis mejillas se calientan. Me encanta tu boca, dice. Si le encanta habrá que darla (como perra obediente), pero no la ofrezco y él espera. Los perros ladran de nuevo, ¡cállense, cabrones!, grita él y yo bebo la copa hasta el fondo. De mala gana, pregunta si puede besarme. Creo que digo sí porque me besa. Me dejo, sigo quieta y me pregunto qué tipo de perra sería si en verdad fuese una perra con cola espesa, hocico húmedo y dientes afilados. Pero como ya me lo he preguntado tantas veces, me respondo que en realidad sería una coneja.

Él sigue besando, habla entre beso y beso acerca de los besos, pregunta si me gusta la forma en que lo hace, metiendo la lengua, y digo sí. Besa mi nariz, lame mi cuello, mis orejas, y yo sigo quieta mirando las paredes de cemento pulido, acaricio la textura del sillón de cuero negro brillante. Parece nuevo.

Busco mi copa vacía a tientas, no la encuentro.

¿Me sirves más vino?, pregunto. Perdón (creo que digo), necesito más.

Él no responde, su mano helada sube por debajo de mi blusa. ¿Más tarde me das aventón? Mañana tengo examen en la universidad; oigo un sí, yo te llevo, pero ahora no hables, dice. Ahora bésame, Guinea.

Sus palabras son como piedras que caen en un charco, y el charco soy yo.

Busco el reloj de pared, pero no hay. Busco un punto fijo, una mancha. Hay una pieza de barro que observa, parece una liebre, no sé. Mientras, a él ya solo tengo que darle gusto y esperar. Acostada, obediente, y podré irme a casa, a mi cuarto, a mi cama.

Un punto fijo, la liebre.

Mírala y espera un poco.

El vaivén continúa y noto un cuadro que no había visto colgado en el muro de concreto. Una niña de pie nos mira, quiere jugar, correr, pero alguien vigila. La niña lleva ropa de primera comunión, posa para la pintura. Oye, me digo, yo recuerdo bien mi comunión; ese día lo celebré en grande, fue la primera vez que vomité con ganas. Ese cuadro me recuerda mi gran día; la niña, a mí. Detrás, un espejo refleja su vestido blanco adornado de girasoles y una capuchita monástica.

El vaivén se detiene. Busco mis *jeans* por el suelo y sobre el sillón de piel (que ya no se siente frío), no encuentro nada. Volteo para preguntarle a él por mi ropa, pero ya no está. Se acerca otro hombre. Es mayor, alto, de labios rojos y húmedos: el vampiro. ¿Quieres tu coneja, Guinea?

El esfínter se contrae de forma automática. Intento cubrirme el cuerpo desnudo. El vampiro me tiende un camisón pequeñito color mamey, huele a crema de masaje. Póntelo, dice con tono tierno, como si yo fuera una niña, y aunque suena cariñoso y familiar, sus palabras son punciones aquí y allá, pero más en la pitaya, el mangostín (o la cola, palabras de él). Va vestido de púrpura y no lleva pantalón. Acepto la piyama, me concentro en su color, la textura suave. En mis manos tiene aspecto de ser más amplia, de mi talla, y además la reconozco. Es mía.

El vampiro me acuesta con prisa sobre la cama, una camita que está en donde antes yacía el sillón de piel negro. Me cubre con sábanas blancas y me pide silencio llevando un dedo a los labios.

Los muros de concreto han sido cubiertos con espejos. *Acuérdate de Acapulco, de aquellas noches, María bonita, María del alma*, canta el vampiro.

Hasta mañana, me dice. Sueña bonito.

Él apaga la luz y yo abrazo con fuerza un feo peluche que tiene rostro de coneja.

---------- Forwarded message ----------
From: **Vampir@ Sonámbul@** <vampirosonámbulo@hotmail.com>
Bcc: ...
Subject: Recuerdos de casa
IP Address: Desconocida
Date: Sat, Jan 1, 2011 at 6:49 AM

Mi papá nuevo no es como los demás papás. Este es limpio y es nuevo, le gustan las camisas blancas con mancuernas de oro, se pasa el tiempo suavizando su pelo y restregando su piel. Devora vino, detesta el sol, viste de púrpura cuando está oscuro y sus dientes son largos. Perfectos.

Mi papá nuevo cambió todas las cosas; nos mudó a mamá y a mí de ciudad, nos protege de las llamadas del banco y nos dice cómo dormir y cuánto comer. Mi papá nuevo me sienta en sus piernas para que yo maneje el auto hasta Acapulco. A veces de día, a veces de noche.

A mí no me gustó tanto cambiar las cosas. Para nada. Ni mudarme de casa y de escuela. Da igual, dice Toña: a los grandes les importa poco lo que quieren los pequeños. Y supongo que está bien, las niñas casi no pensamos en lo que quieren los grandes.

Además, Toña dice que es bueno tener a este papá nuevo (en vez de no tener), tener a un hermano que también es nuevo (y mayor que yo) y tener un cuarto enorme con reloj de pared. Ganas no me faltan de volverme a la casa vieja y llena de sol. La casa nueva siempre tiene las cortinas cerradas, apesta un poco a jabón, hay espejos mágicos del suelo hasta el plafón tapando casi todos los muros. Los otros, los espejos locos, son los de arriba. Cubren los techos y vigilan todo el tiempo. En la cocina no hay. Ahí, Toña hierve cubiertos, tomates, anteojos y calzones. Comemos betabel, agua Tang, berros (sabor jabón) y animales muertos.

Aunque ahora tengo un hermano nuevo (que se llama Pascual, como los refrescos), extraño lo de antes; aunque aún tengo a Miqui (la coneja que me regaló mi abuelito mucho antes de morirse), extraño a las gatas. Miqui habla en silencio dentro de mis oídos, dice: Guinea, Guinea, abre los ojos, Guinea, vigila. Quédate quieta, hazte la muerta y escucha. Miqui tiene seis años igual que yo, nació en un jardín fantástico cubierto de niebla (un jardín al que puedo entrar desde mi tienda de campaña) y no me deja sola nunca; nunca cierra sus ojos de coneja.

Mamá sigue siendo mamá, eso quedó igual (aunque ahora viste más flotante y siempre lleva un vaso en la mano izquierda). Mientras ella mira libros (que lleva en la mano derecha) y Toña hace todo, mi hermano Pascual y yo revisamos cuartos, clósets y gavetas. Pascual me explica cosas de la casa (que es enooorme), me lleva por pasillos, puertas de espejo y pasadizos ocultos. A veces, jugamos a que somos liebres, Pascual y yo. Castañeamos los dientes si vemos culebras, babosas o renacuajos. Decimos palabras de esas que solo las liebres saben, nos metemos a mi tienda de campaña donde hay un jardín de niebla fantástico (que solo yo puedo ver). Sin mover ni un pelo, con los dientes somos capaces de sacar ojos. Nos gusta ulular y hacer goro goro, a Pascual y a mí.

En la casa nueva, él es mi cosa favorita, aunque a veces diga palabras que dan miedo. Palabras que se quedan en la tripa.

Jabón, desinfectante, detergente, jabón. La casa de los jabones, tantos como en el Superama. Mi papá nuevo se unta aromas y esconde el suyo: Rosa Venus, Seltz, Verbena, Pinol, Cisne Blanco, Escudo. Pica la nariz, abrimos ventanas Pascual y yo, aunque el papá nuevo no quiera. Vuelve a cerrarlas todas, quedamos a oscuras y dice: lávate bien, Guinea, tállate y obedece, en esta casa, a las niñas obedientes las queremos más. Obedientes como perritas entrenadas, queremos.

Pero yo soy una liebre.

Mamá escucha y opina que todos los animales son lindos; mete la luz abriendo cortinas y es que en la casa nueva casi no hay luminiscencias, pues mi papá nuevo es un vampiro (según Pascual) y detesta la luz (pero no le molestan los espejos, los vampiros nunca se reflejan en ellos).

Es bueno saber que mamá no es vampira (le encanta la luz) y que, por esta razón, lo único que a mamá de verdad le interesa es quitar algunos de los cientos de espejos que cubren las paredes (Toña, en cambio, hace como que es normal estarse viendo todo el tiempo).

—Es que no es normal estarse viendo todo el santo día, cielo —le dice mamá al vampiro.

—¿Tú crees, gorda?

—La casa parece motel. Espejos en los techos, sobre las camas, en la despensa, delante del escusado. Es desagradable estarse viendo mientras una hace del baño.

—Los espejos de los moteles son de otra calidad, gorda.

—Hasta tu hijo los detesta y creció aquí.

—Chingaos, Dafne, ya sabes que ese niño no es parámetro.

—¿En serio vas a seguir diciendo que Pascual es raro?

—¿No ves cómo se ríe, como niña?

—No digas eso…

—Pascual está malito, no para de estar tragando. Ya te he dicho que nació en una fecha nefasta.

—¿En serio crees en esas cosas?

—¿Qué tiene de malo?

—Pues que esto es 1990, no la Edad Media…

¡Guinea!, grita Toña, vente pacá, niña, obedece y ponte lo'japatos.

A mí me encanta cómo Toña dice japatos, así como lo dicen en Acapulco. A mí me encanta espiar a los demás, pero Toña no soporta ni que yo ande descalza ni que espíe a los grandes, para nada. Menos si discuten. Vete a jugar al sótano, dice, ¡obedece! Y veo Guineas chistosas y deformes en los espejos del techo, ojos y ojos, manos, botones.

No sé si me gusta.

Es divertido, niña, dice a cada rato Toña; todo es divertido si lo cambias en tu cabeza.

Pero a mí no me gusta cambiar las cosas.

Ni siquiera en mi cabeza.

Si Pascual no está, esculco sus figuras de animales, miro sus pósters de *Drácula* y *Cenicienta*, paso las páginas de su libro *Animales de la Selva*, me encierro en el jardín de niebla (dentro de mi tienda de campaña) o me escondo en el sótano. Y es que en el sótano puedo esconderme entre cientos de cajas viejas y nuevas, y es donde aviento mis zapatos, donde mamá guarda su ropa de antes (de cuando el banco llamaba todo el tiempo), y donde mi papá nuevo guarda sus panderetas, un payaso de lata, tambores, un bongó azul cielo y guitarritas de cuando era chico y vivía en Jalisco.

El sótano es también donde viven niños fantasmas (dice Pascual). Niños mordidos por un vampiro.

A veces me aburro y le pido a Toña que juguemos. Ponte lo japatos, niña, vete a meter a tu tienda de campaña, o espera a que tu mamá termine de leer o a que vuelva tu hermano de su clase de flauta. Me gusta que Toña diga que Pascual es mi hermano (aunque no lo sea de verdad). Esa cosa sí la puedo cambiar en mi cabeza.

Toña es regañona, chistosa y fuerte. Carga charolas, juguetes y ganchos. Todo a la vez. Me carga a mí. Toña es alta, sacude la verdura, dora el oro, saca la luz y blanquea los espejos. Es bonita, Toña; le gusta el puré de papas (no debiera, dice mi papá nuevo, porque engorda) y bebe el agua tibia; Toña siempre tiene frío. Creció en el muchísimo calor de Acapulco y ganas no le faltan de largarse a su ciudad. Cuando termina sus quehaceres, por culpa del papá nuevo debe revolver pastillas, ocultar olores. Y ponerse a hervir.

Mamá no quiere tanto a Toña. Toña no quiere tanto a mamá. A mí las dos me quieren, pero ¿y a Pascual? Si no está conmigo, se pasa el tiempo riendo solo, viendo *Cenicienta*, pasando las páginas de su libro *Animales de la Selva*, oye música, va al doctor de gordos, a clases de flauta y pinta princesas. Mamá intenta ser su mamá porque (dice Toña) la mamá verdadera se regresó para Guadalajara.

—¿Por qué se regresó, Toña?

—Porque ese chamaco está malito, niña.

—¿Y por qué no lo curan?

—Imposible. Se vino al mundo en un día nefasto.

—¿Qué día?

—Un día de 1980, niña, que de por sí es un año nefasto. Es el año del pedernal.

—Esas cosas son mentiras, Toña.

—Mentiras serán las cosas que dice tu mamá.

En el cuarto de Toña los espejos no pueden vigilarnos, porque no hay. Lo que hay es una máquina de coser y una tele que dice *Trinitron* en colores. Ahí, escondidas bajo la cama, Miqui y yo oímos *Muchachitas*. Toña sabe que estamos, pero hace como que no. Protesta cuando entra Pascual y lo saca de los pelos.

—¿Odias a Pascual?

—Da igual, niña.

—No da igual, dime. ¿Qué tiene?

—Lo que tiene no se cura.

—Dime, por favor, Toña.

—Nació con el mal de ojo. ¿No ves cómo se ríe, zarandeándose como una niñita? ¿Sacando los dientes y los ojos? Como el diablo, se ríe.

—¿Por eso se fue su mamá?

Y lo dejó con el vampiro, dice Pascual.

—Por eso y porque dice y hace cosas que no debe.

—¿Qué cosas, Toña?

—Traga como animal y escucha llamadas ajenas.

—¿Ajenas?

—De otros.

—¿Es verdad que la abuela Tita es una vampira?

—En vez de estar hablando tonteras, deberías obedecer a tu papá.

—No es mi papá.

—Sí es. Es tu papá nuevo. Y doña Tita es una señora de respeto y es tu abuela nueva.

—¿A quién es a la persona que más quieres, Toña?

—A ti, niña. ¿Y sabes a quién es a la persona que más quiere tu papi?

—No.

—Adivina.

—… Oye, Toña, ¿es verdad que hay niños muertos en el sótano? ¿Que mi papá nuevo es un vampiro?

—A ver, Guinea, ¿por qué andas siempre descalza?

Le apaga a *Muchachitas*; mamá no me deja ver telenovelas y no es justo. Cuando la espío, *Cuna de Lobos* se repite en todos los espejos. Y luego le habla a mi tía Berenice y le pregunta si también la vio. Cree que no me doy cuenta para nada (le pone bajito a la tele), pero me doy. Toña también se da.

¿A quién quiere más este papá nuevo? Toña dice que a mí, pero Pascual ríe y no contesta, se hace del rogar. Con él hay que fingir como que no importan tanto las cosas.

Yo digo que la persona a la que más quiere este papá nuevo es a Toña. Toña lo vitaminiza, lo entalca, se encierran horas en el cuarto oscuro. Cuando él sale de ahí, guau, es todavía más blanco y sus labios más rojos, casi púrpuras; va todo planchado, limpio. Hervido.

Además, Toña no gasta, se tricota sus propias blusas, zurce los hoyitos de los calcetines, nunca la llevan a tiendas, y en su cuarto la cama es chica, pero chica chica. Me pongo a sospechar si no se cayó ya. Y no hay botellas de vino (como las que guarda mi mamá) ni espejos. Ni en el techo hay. No es como los cuartos de arriba, enooormes. Y aunque ganas no le falten de irse a su Acapulco, Toña disimula, hace creer que está recontenta y aconseja que Pascual y yo hagamos lo mismo.

Pascual hace como que todo es normal. Yo me encierro en mi tienda de campaña y viajo a mi jardín fantástico. Miqui me advierte que no llame la atención, que me quede quieta, como muerta. Mamá no parece enterarse de nada y lo único que de verdad quiere es guardarse con sus libros y meterse unos tragos.

Igual, duerme con el papá nuevo. Creo que desnuda.

Porque la libertad, me han dicho, no es más
que la distancia entre el cazador y su presa.

Ocean Vuong

Me fui de mi ciudad porque me prometieron cosas. Valentín las prometió. Y yo, aunque sabía que no me las podía dar, quise creer.

Por eso me fui de mi ciudad y por eso vine a La Paz. Traje conmigo a mis dos gatas y una sola maleta; no quería ropa ni objetos que me recordaran a la persona que fui. Traje también un chingo de rabia, mis ganas de mandar todo a la mierda y el tipo de basura que no se le puede entregar a nadie más. La basura que yo misma tenía que procesar.

Aterricé en La Paz a la hora mágica, que es la más bella. Valentín le llamó la *hora de cera*, ese momento en que la luz dorada se derrite sobre el Illimani y el aire se aquieta. Esa impresión daba desde El Alto, pero conforme fuimos bajando hacia el corazón del cráter, la aparente calma se esfumó. No supe explicarlo, pero un torrente vibraba con fuerza. Las rocas doradas y rojas se volvieron grises y luego se ennegrecieron. De alguna forma, me sentí segura ahí, encontré algo familiar al fondo de esa negrura, protegida por infinitos muros de piedra y barrancas de roca empinada, lejos de la gente que alguna vez fue cercana. Lejos de todo y de todos, al centro de un frío cráter.

Hubiera querido que Pascual estuviera conmigo, contarle mis teorías. ¿Cuál es el lado bueno de tener al padre que me tocó? Cuando *se lo cargue el payaso* no voy a ocuparme de sus asuntos, no me afectará demasiado que *ya no esté* (considerando que nunca estuvo) ni me sentiré obligada a presentarme en el entierro (eso ya lo hará su *familia cercana*). ¿El lado bueno de tener a la madre que me tocó? Cuando muera me voy a sentir liberada, aunque me deje hecha pedazos. ¿El lado bueno de tenerlos a ambos? Mis expectativas de las relaciones afectivas son bajas (por no decir nulas) y es difícil que alguien me decepcione.

Esta teoría se la inventó Valentín, y admito que no me molestaba nada. Suena a algo así como una garantía de inmunidad ante el dolor y la mugre; Valentín es listo y ocurrente. Al principio no tenía intenciones de tomármelo en serio, quiero decir, a Valentín. Ni a él ni a nadie. Menos de construir una relación de pareja. Eso de las relaciones afectivas o interpersonales son más fáciles cuando quedan en promesa, en intercambio de babas, o en la imaginación. Cuando conocí a Valentín me invitaba a salir un tipo regio y bigotón bastante mayor que yo. Un tipo casado con el que veía películas malas. No me atraía y salía con él por razones estúpidas; fui entrenada a agradarle a los tipos viejos, entrenada desde niña, y nunca había estado con alguien de mi edad.

Valentín era de mi edad. Lo vi por primera vez en una librería lejos de mi casa, era el gerente temporal. Estaba en un programa de intercambio de gerencias de seis meses, de

La Paz a la Ciudad de México; como él tenía familia en ambas ciudades, había elegido ese programa en específico. Aunque se había formado para ser hematólogo y sacaba sangre en laboratorios, llevaba un año trabajando de librero luego de haber salido de una leve depresión (por ver tanta vena y tanta jeringa). A mí me gustaba la librería en la que él trabajaba durante su intercambio en México, por ser grande y variada. Y por los sillones. Te podías quedar a leer o trabajar en tu laptop horas, sin que nadie te dijera nada. También apreciaba el wifi gratis y los baños limpios. Había tres baños y eran privados; es decir, cada uno era una pequeña habitación con su propio lavamanos. Podías meterte por un buen rato a lo que fuera, cambiarte de ropa, insertarte los dedos o vomitar a gusto. Pero volviendo a Valentín, ahí sentada en los sillones de la librería empecé a notar al gordito simpático de pelos despeinados que regañaba a los libreros o les daba instrucciones de cómo recomendar títulos. Me gustó su forma de describir a Carlos Fuentes, viejo lesbiano autocentrado y a veces genial. También lo escuché tratando de venderle los cuentos completos de Elena Garro a un cuate que quería comprar un libro de Octavio Paz, y entonces me animé a pedirle una recomendación (fue *Íntima*, de Adela Zamudio, pero no tenían ningún ejemplar en existencia). Intercambiamos números y a partir de ese día empecé a recibir sus buenas noches, linda tarde, bella mañana, entre otras formulitas similares, para luego pasar a los emojis, chistes y, más adelante, conversaciones sobre libros y sobre cualquier cosa. Entonces, dejé de contestarle al viejo casado con el que miraba películas de tipos arrugados y repetitivos (aquellos de los que mujeres hermosas se enamoran todo el tiempo en Hollywood) y me concentré en chatear con Valentín.

El tal Valentín me hacía sentir especial. Debieras usar otros colores, Guinea, ¿qué pasa, por qué andas siempre de negro, vos?, te llamábamos la dama de negro, o la viuda negra en sandalias, ¿no ve?, en la librería, pero ya les he dicho que no te llamen así, a los *minions*, que se jodan. Es adorable que te cubras tanto y siempre lleves chanclas, Guinea, como si tus pies fueran inmunes a las miradas o a lo que sea de lo que te intentes proteger. Mira (y me mostraba su celular), estos colores se te verían chéveres, te pareces a esta actriz por el color de cabello y piel, y mira qué chévere le quedan los tonos pasteles a ella, ¿no ve?, quedarías más chula, te he dicho, y hasta te vas a sentir más contenta.

Empecé a comprar blusas color mamey, amarillo, blanco. No me gustaban. Es decir, me atraían mucho, pero no en mí. De todas maneras, las usaba en un acto de fe, me iban a hacer sentir feliz, verme hermosa, y al mismo tiempo Valentín estaría orgulloso.

Le conté de los correos, de cómo Dafne, mi mamá, me pedía que parara de enviarlos. Y de las amenazas de su exmarido con demandarme. ¿Demandarte a vos?, ¿de qué?, dijo Valentín, si toda la gente tiene derecho a mandar correos y contar su historia. Que se jodan, dijo.

Eso me gustaba de Valentín, el *que se jodan*. Que se jodan todos, su frase favorita. Yo quería que Valentín me invitara a su casa para cogérmelo y ver su espacio, pero decía que no era realmente suyo. Que vivía en un cuarto en casa de una tía mexicana y que, si realmente me interesaba conocer *su casa*, tendría que ir a La Paz (yo me tomaba en serio esa invitación, aunque luego entendí que no lo era).

Nos sentábamos en cantinas sin ninguna prisa a pedir tequila, cerveza, botana y platicar por horas. Las cantinas eran algo así como el salón o la sala de tele en la que pasábamos las tardes de jueves y domingo en la Ciudad de México, cuando a él le tocaba descansar. Perdíamos el tiempo esperando que nos sirvieran la siguiente y la siguiente. Yo le invitaba la cuenta y hablábamos de libros malos y buenos, él a veces me contaba chismes del mundo de los libreros, criticábamos gente que yo ni conocía. ¿Qué es lo que más te gusta de vos?, me preguntó una vez. No sé, no me gustan muchas cosas de mí, quisiera tomar menos alcohol y levantarme más temprano, pero no lo voy a hacer. Sacó su celular y me jaló del brazo para que viera, tenía varias fotos guardadas que me había tomado sin que me diera cuenta; me sorprendió lo bien que centraba los objetos, tenía buen ojo en cuanto a la composición visual. Mírate acá, dijo, y acá, y acá, ¿te das cuenta, amor?, o sea, vos debieras dar gracias por la cara que tienes, tan bella, en vez de decir que no te gustas.

Me derritió que me llamara "amor". Y como en algunas de las fotos salía delgada, le pedí que me las mandara. Le dio risa. ¿No ve?, sí te gustan cosas de vos, amor, si ya lo he dicho yo, me doy cuenta cuando te haces la que no te importan esas mugres, tu físico, pero yo me fijo muy bien en todo, te observo, ¿entiendes?, mucho me gustas, Guinea, mucho.

Dafne: Mija, por fa, contéstame.

Te vas a meter en problemas, ¿para qué?

Guinea. El papá de Pascual va a usar a sus abogados.

Guinea: Ha de tener muchos ¿no? es el tipo de persona que tiene que andarse cuidando de lo que hace

Dafne: Tiene muchos, por los hoteles. ¿Ya me vas a decir por qué mandas esos correos?

¡¡¡MIJA!!!

Pascual: Hola, hermana. ¿Te llegan mis mails?

Ojalá pudieras contestarme.

¿Leíste mis correos? Quiero que conozcas a un tipo al que entrevisté el año pasado.

Te serviría platicar con él. Se llama Leo.

---------------------------- **Forwarded message** ----------------------------

From: Vampir@ Sonámbul@ <vampirosonámbulo@hotmail.com>

Bcc: ...

Subject: Recuerdos de Acapulco

IP Address: Desconocida

Date: Tue, Feb 1, 2011 at 4:49 AM

Acapulco es un lugar que odio. Sobre mi traje de baño azul de estrellas blancas, llevo un suéter rosa bordado; los cangrejos rasguñan la arena y se sumergen cuando avanzo. Hace fresco en las plantas de los pies, mis mejillas y mis pompas tiemblan. La luz es solo de luna: a la playa me lleva siempre de noche, este papá nuevo. El baño de luna me mantiene joven y a ti, muy niña, dice, y arranca mi suéter. Pero si tú estás bien viejo, digo yo, y él no sonríe. Cambia de olor: un tufo a vino explota en el aire y sus venas se saltan rojas púrpuras.

Tu hermano Pascual se pasa todo el día bajo el sol, creo que dice el papá nuevo, ahora su piel es como la de cualquier chamaquito en la Costera, dice.

Volvemos a casa bien noche, este papá me deja abrir el refri de niños. Hay Frutsi congelado, mango en Salsa Valentina, Bubulubus, todo lo que se antoja en Aca.

—¿Todo lo que yo quiera?

—Todo lo que quieras —contesta mientras bebe su botella oscura—, es tu premio.

—¿Por jugar al juego?

Sus dientes largos, bonitos y estirados, sonríen.

—Por ser una niñita obediente.

—Soy una liebre. De las animales, mis favoritas son las liebres.

—A mí me gustan más las perras. —Deja de sonreír y mira mis pies—. A ver, Guinea. Ponte zapatos.

—En la playa no se usan zapatos. ¿Puedo llevarle dulces a mamá?

—Anda dormida desde temprano. ¿No viste todo lo que se empinó?

—¿Y a Toña?

—Hoy no duerme aquí, Guinesita. Anda con sus primas en el puerto.

—¿Puedo invitar mañana a Paloma?

—¿A poco tu amiguita anda por acá?

—Sí… Por eso digo. ¿Puedo llevarle dulces a Pascual?

—Uno.

—¿Nomás uno?

—Por gordo, cachetón y melolengo, escuinclita.

—Bueno, chamaquito.

—¿Chamaquito? Chingaos, Guinea, soy tu papá, háblame con respeto. A ver, ponte zapatos.

—Pero las liebres no usan zapatos…

—Ah, cómo te gusta ajerar, ¿verdá? Mejor ya vete a la cama, ¿sí?

Hago como que voy a la cama. Miqui siempre advierte en mis oídos: no vayas a la cama, Guinea, no vayas.

Pascual nos encuentra en la cocina, a Miqui y a mí. Tampoco duerme ni ríe. Ni hola dice. Prende la estufa, pone la tetera roja y mira al suelo. ¿Qué haces, Pascual?

Silencio. ¿Será niño fantasma?

Chifla el agua hirviendo y Pascual ni pestañea; apaga el fuego, toma la tetera y vuelve a su cuarto. Lleva puestos ojos de peluche.

Me quedo cuidando el refri y, ¡guau!, mis Frutsis llenan un piso entero; los Bubulubus, medio conge. ¡Que nunca se acaben! Los otros dos refris no tienen cosas ricas, son como los de la casa nueva. Vino, betabel, frambuesas, sandía, más vino. Pollos muertos.

Mi tienda de campaña se queda en la ciudad, no viene a Aca, no le gustaría (los jardines de niebla no se llevan bien con el mar). Aquí no hay espejos de los que esconderse y Miqui, Pascual y yo vigilamos, oímos, esculcamos todo el tiempo. Cajones, maletas, llamadas, peleas, basura. Cajitas, mirillas, excusados. Hay cosas y cositas, libros de mamá, pinturas, fotos del vampiro. Fotos de otros niños y niñas que no conocemos. Son los del sótano, dice Pascual.

—¿Y la vampira?

—Ya sabes, babosa.

—No sé...

—Es casi peor que el vampiro.

—Y él… ¿Te lleva a la playa de noche?

—Te lleva a ti.

—¿Y las otras niñas? ¿También van a la playa con sus papás nuevos?

—¿Cuáles niñas?

—Las de mi escuela, niñas como Paloma o como tus amigos.

—Yo no tengo amigos, babosa. —Y ríe como si acabara de contar un chiste.

Se dobla apretando su panza, parece que llora de dolor. Cuando por fin termina de reír, seguimos esculcando. Hay abanicos y kimonos de mamá, nos los probamos. Hay frascos vacíos (frascos de sangre que ya se bebieron, dice Miqui), estuches, notas que dicen papaya, huevo, perejil no, cilantro sí, crema Capent, protector solar Nivea, un frasco que dice Valium, botellas abiertas y cerradas de licor, dos billetes de cien mil pesos y una uña postiza roja. Ganas no me faltan de llevarme un billete, me lo escondo en el chort. Hay un mini pitufo de plástico que fue de Pascual y ya no quiere, papelitos hechos bola de Toña. Kiutips sucios (de polvo pegado) y limpios. Un cortaúñas.

—¿Por qué Toña a veces duerme en otro lado cuando venimos a Acapulco?

—Porque aquí tiene familia, babosa.

—¿Toña tiene familia?

—Obvio, babosa.

—Pensé que nosotros éramos… Dime algo de los vampiros.

—Okey, como tú quieras. Ellos nada más beben vino. O casi puro vino.

—¿Sangre?

—Los labios los tienen rojolila y los cabellos alisados.

—¿Todos?

—Ocultan su verdadero olor.

—*¿Olor a qué?*

—A basura y guano, pero no de murciélago. De vampiro.

—¿Y qué te hacen?

—La mordida del vampiro hace que otros crean que no existes.

—¿Que seas invisible?

—Que otros escuchen que dices *sí* cuando dices *no*.

Luego de cenar, el vampiro hace como que lee. A veces toma el libro del lado correcto, y otras veces al revés. Mamá lleva su copa con una mano; con la otra, pasa páginas y a veces nos cuenta cosas. ¿Sabían que Virginia Woolf escuchaba cantar a los pájaros en griego antiguo? o ¿sabían que Borges les tenía pánico y horror a los espejos y más a los reflejos que se repiten hasta el infinito?

En cuanto logramos escapar, Pascual, Miqui y yo nos escondemos y espiamos. Toña usa el teléfono de la cocina, habla bajito y Pascual oye desde el otro lado. Acuso a Toña por usar la línea, pero mamá sigue pasando páginas. Luego de un rato, toma un trago y dice: Toña tiene una hija, antes vivía en nuestra casa del de-efe y ahora vive en su pueblo, aquí cerquita de Acapulco. Toña le marca después de servir la cena.

—¿Cómo se llama?

—Narda.

—¿Cuándo vivía esa niña en nuestra casa?

—Antes que nosotras, Guinea.

—¿Antes que tú y yo?

—Sí. Recuerda que papá, Toña y Pascual ya vivían en la casa del de-efe. ¿Recuerdas que te conté?

Sí. Sí me acuerdo. En la casa de los espejos.

—¿Y Narda iba a la playa con papá?

—No sé, Guinea. No creo.

—¿Y quién cuida a Narda?

—Una tía suya.

—¿Y Toña por qué no?

—Tiene que trabajar, Guinea.

—¿No la extraña?

Mala, muy mala, mala. Yo quiero que Toña me quiera solo a mí; ni a mi hermano ni a esa Narda.

¿Será de las niñas del sótano? ¿Cómo será? ¿Como cualquier chamaquita en la Costera?

Pascual oyó al otro lado del teléfono que su mamá verdadera es una cuatro letras. Se lo dijo mamá a tía Berenice; y creo que eso les impide estar juntos, a Pascual y a su mamá.

—Y tu papá verdadero… ¿Qué hace? —me pregunta.

—Nada.

—¿Cómo?

—Se murió.

Pascual siempre adivina cuando invento. Abre su libro *Animales de la Selva* y me ignora. Pero es que yo no sé nada del papá verdadero y original, no lo conocí. Miqui piensa es cuatro letras o que a lo mejor no existe (si existiera, estaría conmigo); Pascual dice que no se puede nacer sin papá y mamá. Necesitan juntar sus colas y sus panzas.

Yo tampoco sabía que iba a llegar este nuevo papá vampiro de labios rojos. Labios púrpuras viscosos de gordo caracol, caracol. A los demás les diré: mis papás, el falso y el verdadero, están en una misión del espacio y el océano. O mejor: se han muerto en la guerra.

Pero uno, aunque muerto, volvió.

Dafne: Guinea, llegó otro correo. ¿Por qué lo haces?

¿A quién copias? Lory me dijo que la copias a ella.

¿Nunca has oído el dicho de "la ropa sucia se lava en casa"?

Me preocupa que esta información les llegue a personas que no tienen por qué saber de tu vida privada. Te estás exponiendo.

No entiendo esa necesidad tuya de ventilar tus cosas. No es de gente bien, ¿sabes?

Guinea: Gente bien? Carajo mamá. Ahora resulta que esa familia que empezó regenteando moteles te manda decirme lo que es de gente bien.

Pascual: Hola. Te mandé por mail el correo de Leo. Ojalá puedas escribirle, pídele una cita. No sé si vaya a aceptar, pero tú pídeselo.

Él vive en la Ciudad de México. En mi mail te explico más. Besos.

Pequeña, por algún tiempo estarás de pie en el borde de los grandes platos blancos mirando entreabrirse y nacararse los frutos. Después, tu vuelo irá por días en torno de las lámparas. Y un día, un día cualquiera, en cualquier minuto, te morirás entre las manos de almíbar de la abuela, riendo y llorando, de súbito, sin darte cuenta.

Marosa di Giorgio

Cuando la vi parada frente al mostrador, con la mascarilla puesta, dudé que fuera ella. Desaliñada, encogida, como si la acabaran de exprimir para ponerla a secar. Me pareció fea, lo que nunca.

Fue una mujer bellísima; ganas de ocultarlo no le faltaron, o eso parecía cuando vivíamos en la casa de los espejos, pero la belleza es difícil de ocultar. Igual, la reconocí por dos razones. La primera, llevaba el mismo tipo de blusa, ese cuello bordado, alto y ceñido que confeccionaba para sus propias camisas. Y que, caigo en cuenta, sigue haciendo. Aunque la haga ver como salida de un anuario de momias derritiéndose en medio del sol de abril. La segunda, su voz. Entre ronca y ahogada, es la voz la que me puso la piel de gallina. Ahogada tal vez por nunca haber usado las palabras que hubiera querido usar. O tal vez por falta de espacio para el cogote en el corte de la blusa. Un cogote largo, antes muy hermoso; ahora, de gallina sin plumas: de esas que dan risa y hasta ternura de tan contrahechas. Pero no es la vejez prematura de Toña lo que me dio risa, será la misma para mí, si es que llego a esa edad. Me dio risa la incomodidad que se construye alrededor de su propio cuerpo, como un sacrificio.

—¿Y no la vendej en Similares? —preguntó en el mostrador.

—No, seño. Esta solo la surten de patente.

—Oye, ¿no habrá forma de fiarme los quinientos que me faltan?

—Híjole, seño.

—Pregúntale a tu jefa, ándale. Ya me ubica.

Me quedé mirando. Con los dedos, sentí los dos billetes de quinientos que traía en la chamarra. Valentín me jaló del brazo, ¿ya pagaste tus laxantes, amor?, ¿nos vamos? No contesté. ¿Qué mosco te ha picado, Guinea?, ¿has visto un fantasma, vos? Espérate, le dije crispada a pesar de la dosis de chochos y tequila que traía en la sangre. Intentó jalar mi brazo, ¿estás bien? Acuérdate que hoy es la despedida, hay que apurarse, dijo.

Detesto que me jaloneen, y que ese pendejo me toque cuando estoy tensa. Cállate, carajo, dije, y él se hizo el ofendido. No me gusta hacer enojar a la gente, menos a él, pero estaba muy nerviosa como para pedir disculpas; Valentín salió de la farmacia azotando los pies. Yo miraba cómo Toña volvió a contar su cerro de monedas. Las acomodaba sobre el mostrador con prisa, como si hubiera perdido la parsimonia de antes, cuando la observaba alinear cada cubierto, blusa, calzón o porquería de adorno religioso. Sus manos temblaban.

Nunca antes noté que temblaran. Pero ha llevado una vida dura, una vida dedicada a un amo que no debiera serlo. Sus uñas las llevaba a medio despintar. El pelo plagado de canas, algo desgreñado; cargaba una bolsa de tela que hace tiempo no había pasado por la lavadora, toda chorreada.

Volvió a contar; parecía que no lograba concentrarse, volvía una y otra vez. Guau, ¿tantos años trabajando para él, viviendo para él, sacrificándose por él, y el tipo no puede pagar por sus medicinas?

—Seño.

—¿Ya preguntajte, mijo?

—Híjole, seño. Que acá no se fía.

—Ándale, me urge la mentada medicina.

—No se fía...

—Ándale…

Los ojos de Toña, abiertos, húmedos y asustados, rogaban. Todavía la veo limpiando cruces y virgencitas en los pasillos, allá, cuando yo era una niña explorando aquella casa cubierta de horrendos espejos; es el mismo llanto, el de otra niña más. Pensé en las conejas y en Pascual pensé, en cómo él se aguantaba las lágrimas y las tragaba todas mientras Toña lo miraba, seria. ¿Y Narda, su hija?, ¿seguirá viviendo cerca de Acapulco, donde se deshicieron de ella? Igual, ver llorar a Toña en la farmacia como una niña no fue lindo, y ganas no me faltaron de largarme de ahí. El desamparo se desplegaba en carne viva y gastada; un alma de la que una esperaría mucho callo. Dureza.

Yo quiero aplomo. Quiero paz en mi vejez, mucho antes de mi vejez. Quiero que ya nada me haga sentir culpable. Que nada me haga sentir tan impotente como a Toña. Quiero cagarme en todo y cagarme bien, pintar dedo y no volver a mirar la mierda de la que fui parte. Pero ¿quién dijo que yo era así? ¿Que yo quería vengarme, aunque pudiera? O que yo podía soltar, aunque quisiera.

Toña buscaba alguna moneda olvidada en su bolsa, en su pantalón. Boté las mierdas que me pidió Valentín y mis laxantes en algún anaquel; me alejé frotando mis dos billetes de quinientos entre los dedos.

De vuelta al coche con Valentín, no me dirige la palabra. Sé que está ofendido. Aprieto fuerte los párpados. No quiero que esta nueva Toña ocupe el espacio de la Toña en mi memoria. Cuesta mantener el recuerdo de las cosas como fueron: gestos, ropa, juguetes, habitaciones. La secuencia de los sucesos se confunde, a veces solo quedan frases sueltas, sensaciones en el cuerpo, olores dispersos. Rompecabezas.

Me has faltado al respeto, dice Valentín, ¿qué huevada pasó contigo?, ¿te has dado cuenta?, estás mal en tu actitud, Guinea, y ni siquiera has podido comprar mis medicamentos. Espera una disculpa, y es que Valentín establece la realidad tal cual la siente, no hay espacio para apostillas ni versiones alternas. Discúlpame, Valentín, soy una mierda de persona, no te merezco, no merezco a nadie, no estoy capacitada para tener una relación, en serio, Valentín, ¿quién es tan egoísta que ni siquiera se preocupa por traer tus medicinas? No, Guinea, no empieces, por favor, siempre haces lo mismo, siempre te tiras al suelo, te maltratas, te dices cosas insoportables y que se jodan todos, ¿no ve?, vos tienes que aprender a tener una conversación de adultos, Guinea. No, no puedo tener una conversación de adultos, siento que lo mejor es terminar esto aquí.

Después del melodrama, manejo en silencio; llegamos a la despedida que organizaron los *minions* de la librería por la partida de Valentín a La Paz, y no quiero entrar. No quiero pasar la noche discutiendo y fingiendo, intentando descifrar cómo sería una conversación *de adultos*. ¿Qué más podría decirle? Si intento explicarme, va a quejarse de lo mismo de siempre. A veces, soy una mierda, y Valentín dirá lo que siempre dice, me quieres romper, Guinea, solo discúlpate, no trates de justificarte, admite que me quieres romper.

Él se baja del coche y, sin pensar, digo: ¿me vas a estar esperando en La Paz?

Él sonríe, pero no responde. Yo arranco el motor del coche con ganas de gritar, con ganas de prenderlo todo en llamas: me importas una mierda, Valentín, narciso de mierda, vete a la mierda, gordo de mierda. Lo imagino partido en dos, muerto, pero me despido con un torpe *lo siento* y me trago las palabras que hubiera querido decir, las palabras que se agolpan como vómito ácido en la tráquea. Me alejo. ¿Por qué me la encontré precisamente ahora?, ¿qué significa, tiene algo que ver con los mails y mensajes que Pascual me manda? Considero responderle, por lo menos para contarle que vi a Toña, pero es innecesario; tendría que describir algo triste y, quién sabe, a lo mejor hasta me daría gusto a la hora de contarlo, a veces es así, a veces da gusto ver a otros sufrir. Me siento sola. Le mando un mensaje a Paloma, nunca la veo, pero de vez en cuando nos mensajeamos. Estoy con Maeva, pone. ¿Maeva? Sí, Maeva, ¿no te acuerdas de ella? Iba con nosotras en el colegio. Admiro tu capacidad de reconectar con gente del pasado, digo. Yo no puedo. Contesta con una carita feliz. Oye, ¿qué pensarías si me fuera a vivir a Bolivia? Pone una carita confusa. A veces me pregunto si algo me importa. Si amo a alguien, si alguna vez he amado a alguien. Soy infiel, soy traicionera. ¿Quién dijo que yo era otra cosa?

De camino a mi departamento, seguí pensando en la posibilidad de irme a La Paz, largarme de mi ciudad y esconderme en otra desconocida; imaginé la posibilidad de nunca volver a ver a las personas que toda mi vida me han rodeado, las mismas que no hacen más que congelarme en la Guinea de siempre, la que detesto ser.

Me desvié. Tomé la carretera hacia las afueras de Pachuca, frente a la casa vieja, la casa donde crecí hasta que cumplí cinco, la edad en la que conocí a Pascual, a Toña y a todos los vampiros, mayores y menores. Me vino un recuerdo nítido de los últimos meses ahí, hará unos veintidós años; es un recuerdo que había borrado y que, ahora entiendo, era una premonición de lo que venía. Mientras Dafne y mi tía Berenice dormían, yo miraba a mi coneja. Era un peluchito al que llamaba Miqui, mi abuelo me lo regaló para que me cuidara; estaba convencida de que hablaba con palabras mudas y humanas, palabras de mi abuelo. Me pasaba horas tratando de descifrarla; una noche, mi abuelo entró a la recámara con su cigarro prendido y una sopa de letras con limón recalentada (eran sus dos cosas favoritas). Iba seguido de sus cuatro gatas (que de inmediato brincaron a mi cama); prendió la lamparita de noche, revisó que todas las ventanas estuvieran cerradas, cerró también la puerta del baño y del clóset; lo ponía nervioso ver ventanas, puertas o cajones abiertos. No puedo saber qué hora era, pero mi sensación es que muy de madrugada.

—¿No puede dormir, mi princesa?

—La que no puede dormir es Miqui, abu.

—Cuéntale un cuento.

—No me sé ninguno, abu.

—Invéntalo.

—Quién sabe si pueda escucharme.

—Puede.

—¿Y si tú nos cuentas el cuento de la tepezcuintla?

El cuento me gustaba, pero ese día lo entendí de otra manera y me pareció triste. En un bosque de niebla, vivía una mujer que se decía ser chamana. A ella acudía todo tipo de gente del pueblo más cercano para preguntar por su futuro, aliviar enfermedades y pedir favores. Un día, el rico del pueblo se enfermó y ningún doctor lograba curarlo. Aunque el hombre no creía en los poderes de la chamana, estaba tan desesperado que fue a buscarla. Sus ayudantes tuvieron que llevarlo cargando: apenas podía caminar y ya no comía. Esto le va a costar caro, le dijo la mujer, está usted moribundo y solo podría ayudarlo sacrificando a mi tepezcuintla. ¿Y por qué me va a salir eso caro, mujer?, preguntó el enfermo. De esos tepezcuintles hay muchos en el bosque y son insignificantes. Bueno, contestó la mujer, porque la mía es especial, me sirve para los rituales, adivina cosas, se da cuenta si la gente miente. Y para curarlo a usted, voy a tener que sacrificarla; no sé cuánto me tarde en encontrar a otra igual de especial. Mira, mujer, dijo el rico del pueblo, a mí lo que me sobra es dinero. La mujer le sonrió y dispuso el espacio con cempasúchil, velas y copales. Comenzó el ritual pasando a la animalita por todo el cuerpo del enfermo, recitando palabras mágicas. Poco a poco, la conejita pintada empezó a respirar más fuerte, luego se puso a temblar y a tratar de escapar, pero la mujer la apretaba entre sus manos y la acercaba más al hombre para que absorbiera buena parte de su enfermedad. Gracias a eso, el hombre empezó a sentir hambre y de pronto pudo levantarse sin mucho esfuerzo. No me digas que ya estoy curado, chamana. No, don, aún no. Está usted mejor pero todavía necesito ver cuál es la enfermedad que lo tiene tan débil.

Entonces, a través de la conejita pintada, la bruja pudo ver qué era lo que enfermaba al hombre y pudo prepararle las medicinas que necesitaría para curarse de fondo. Poco tiempo después, toda la gente del pueblo empezó a llamarlas guardianas del bosque de niebla, a las tepezcuintlas, y a ponerles pequeños altares con flores para pedirles ayuda.

Para mí, el mejor momento de la historia venía cuando, en lugar de sacrificar a la conejita pintada, la chamana lograba ver lo que le pasaba al tipo y lo curaba. Luego, además de todo, honraban para siempre a la animalita con altares. Sin embargo, estoy segura de que ese día se me ocurrió preguntarle a mi abuelo si la tepezcuintla se había salvado. Estoy segura porque puedo verlo diciendo, claro que no, Guinea; la mujer la tuvo que sacrificarla para ver sus entrañas, para saber cuál era la enfermedad del hombre. Lo de llamarla guardiana del bosque y ponerle altares fue un premio por su ofrenda.

Mi abuelo me dijo que Miqui me cuidaría a mí. Que con ella podía viajar a un jardín de niebla fantástico y refugiarme.

Después de esa, no hubo más historias. Mi abuelo tenía cáncer, lo llevaron al hospital y no volvió. Tampoco hubo más gatas durmiendo sobre mi cama (se las quedó mi tía Berenice). Mamá y yo nos mudamos a la casa de los espejos, donde vivían Pascual, Toña y el que sería mi papá nuevo. Lo único que quedó de mi abuelo fue ese feo peluche con forma de coneja pintada y el olor rancio a cigarros y a sopa de letras con limón. Algo se había quebrado. Y, aunque cambiara las cosas en mi cabeza, ese algo no se podría reparar.

---------------------------- **Forwarded message** ----------------------------
From: Vampir@ Sonámbul@ <vampirosonámbulo@hotmail.com>
Bcc: ...
Subject: Recuerdos de Acapulco
IP Address: Desconocida
Date: Tue, Mar 22, 2011 at 11:11 AM

Acapulco es un lugar que amo (cuando el papá nuevo no viene).

Cuando no viene el papá nuevo, mamá maneja. Cuando no viene el papá nuevo, comemos en el auto: mamá, torta de huevo; Toña, Churrumáis; Pascual, chocolates de animalitos que hay que llevar entre hielos (al animal de chocolate no le sienta bien el calor). Paramos a media carretera, hacemos pipí en el pasto junto al largo coche azul; si Pascual ríe, nos contagia; si va de malas, cantamos *Ay, qué pesado, qué pesado.* A veces, mamá le sube al estéreo y ponemos atención a las palabras suyas y de Toña. Secretos, chismes, cosas de Pascual, pura basura.

La próxima, yo también voy a pedir algo mío entre hielos. A Miqui; y es que a las liebres pintadas no les sienta bien el calor.

En Acapulco, mamá arregla su cabeza con girasoles, flota en la alberca sobre un enorme flamingo, viste kimonos blancos o esmeralda, bebe y rasura todos sus pelos. En Acapulco, a veces me veo con mi amiga Paloma. Se llama igual que las palomas, esas lindas de la plaza Río de Janeiro, la plaza que nunca atravesamos porque está llena de ellas y el vampiro las teme y dice que son tan cochinas que no deberían existir.

En Acapulco, vamos a la pescadería en auto con Pascual, Paloma, Toña y mamá. Toña saluda a sus primas; Paloma, Pascual y yo vemos cuántas moscas se paran en los cables, cuántas moscas zumban a la vez, cuántas cagan en los pescados que comeremos.

Mira. Moscas bajan a robar pedacitos. Mira. Los escuinclitos del mercado dejan a las moscas dormir en sus cabezas, dice mamá. En sus pestañas. En sus párpados. Pascual se echa a reír como un loco; no te rías así chamaco, dice Toña, que pareces zonzo. Paloma se sacude el pelo y la ropa, brinca y sacude sus brazos también. Pascual y yo cerramos los ojos; esperamos a que las moscas se posen en nosotros. Sus patitas acarician nuestras pestañas, mías y de Pascual.

Volvemos al auto. Mamá conduce.

Que dicen mis primas las pejcaderas que qué suerte tiene usted y la niña Guinea, señora Dafne.

Me encanta cómo Toña dice pejcaderas, pero mamá le dice que por qué no pronuncia la ese del pez, y Toña contesta porque así hablamos en Acapulco.

Pero Toña, la ese se pronuncia igual que las demás letras.

No je me da la gana, doña Dafne.

Mamá sube el volumen del estéreo, no quiere que oigamos, pero igual oímos.

A ver, Toña. Di pez.

Pez.

Ahora di pescaderas.

Pejcaderas.

Dios mío, Toña, lo haces para molerme, ¿verdad?

¿No quiere saber lo que dicen mis primas las pejcaderas?

¿Qué tanto dicen tus primas?

Pues que usted y la niña no tenían dinero, ¿es cierto?

No, Toña, no teníamos.

Pues eso dicen ellas, que qué suerte que, con todo y la niña, el señor la quisiera a usted…

¿Suerte?

… Ya ve que al señor le gusta mucho la niña y a lo mejor hasta el don la adopta a la niña… La adopta legalmente…

¿Legalmente?

Acapulco es un lugar que odio (cuando viene el papá nuevo). Cuando el papá nuevo viene, nos prohíbe hacer pis en el pasto: a fuerzas, gasolinera. Ay, qué flojedad. Cuando viene, cantamos puro *María bonita*, *El Rey*, *Guadalajara, Guadalajara*. Si mamá se queja, si Pascual o yo pedimos Mecano, este papá sube el volumen y canta *Acuérdate de Acapulco, María bonita, María del alma*…. Luego de hacer en la gasolinera, a desinfectar todo: chancla, volante, botones, estéreo, tapa de su Evian, piernas, pompas, cola. Que nada huela, que nada infecte ni huela más que a jabón.

Y yo que me tiro un pedo.

La alberca me encanta con esta lista de personas:

Hermano Pascual
Amiga Paloma
Tía Berenice
Miqui (aunque se moje y no sepa nadar)
Mamá, a veces

Y los bichos que tenemos que rescatar antes de que se ahoguen

Y los perros que otras personas traen

Me encanta la alberca. Menos si adentro hay esta lista de personas:

Las pulgas de agua

Toña (aunque no se mete)

El papá vampiro

Lo que sí me gusta del papá vampiro es su risa. Se ríe bonito, el vampiro; con todos sus dientes blancos, mientras Toña le seca sus pies, sus dedos uno a uno al salir de la alberca; le seca sus uñas, sus pestañas, lo entalca, se acalora y se sirve su agua tibia. ¿No te da más calor, Toña, tomando agua tibia? Voltea a verme como si no entendiera, de pie, junto a la alberca. Ámole, dice el vampiro, se van para el cuarto oscuro, y Toña lo sigue y sale y entra, entra y sale, lleva y trae teléfonos inalámbricos desinfectados, papeles blancos y faxes, caldo de carne, camisetas púrpuras, playeras blancas, coco en platos dorados, hielos, palitos y palitos a los que les dice kiutips, leche, sandía, copas con vino y revuelve Vita-D con Cevalin.

¿Qué hacen ahí encerrados el vampiro y Toña? Como en la casa de los espejos.

Si lloras, dice el papá nuevo, si haces ruiditos, un monstruo del océano puede oírte. Pero ¿los monstruos del océano respiran fuera del agua? No sé, creo que dice, y hago como que no siento miedo, pero ganas no me faltan de correr.

Está muy bien que no seas ruidosa como Pascual, Guinea. Ese escuincle está malito, el gordo.

Tal vez no hago ruido, tal vez me hago la muerta, pero quisiera correr y buscar a mamá.

Si corres con mamá, ¿a dónde van a ir, Guinea? La casa vieja ya no existe, las llamadas del banco van a volver.

Pruebo con mi lengua las lágrimas. Saben a mar.

Shhhh, hace el vampiro.

Es hora de jugar.

No tengo ganas, no tengo ganas de quitarme el traje de baño de estrellas blancas. Para nada.

Y eso que ni frío hace.

Shhhh, no hagas ruido, shhhh.

Y entiendo que cuando digo no, él debe oír un sí.

—A mí tampoco me gusta la alberca con él —dice Pascual.

—¿Te gustaría que tu mamá viniera a Acapulco?

—Claro.

—Si no fuera cuatro letras…

—Cállate, babosa. Tu mamá también es. ¿Si no por qué iba a casarse con un vampiro?

—Cállate, Pascual.

—¿Y por qué se queda dormida cuando vas a la playa?

—De las cosas que podemos cambiar… ¿Esa no se puede?

Pascual siempre se da cuenta cuando estoy cerca de llorar; se da cuenta antes que cualquiera, a veces antes que yo.

—Oye, Guinea. No llores. Mira, pégate en la cara.

—¿Así?

—Más fuerte —dice.

—¿Así?

El sueño de mamá es pesado, nunca despierta antes del amanecer, y cuando está despierta, todo el tiempo dice: ahora no, que ahora voy a leer esto, ahora no, que ahora voy a un concierto, ahora no, que vamos a la renovación del hotel tal en equis lado o equis otro, y que ahora vamos a cenar con el señor tal y la señora cual. Ya no dice nada de lo de antes, y Toña hace como que no oye ni ve, hace como que todo da igual y lo único que de verdad quiere es cambiar las cosas en las cabezas. Miqui es una coneja pintada, abre sus ojos y me hace abrirlos también.

—Pascual. ¿Qué haces con la tetera roja?

—No te importa.

—Bueno, ni quería saber.

—Si no te importa, ¿por qué preguntas?

Me enseña un dibujo, uno del vampiro, de mí y de él.

Se mojan mis ojos, así como cuando se te meten las semillas del chile serrano. Me echo aire, mamá odia eso de verme tirar las lágrimas. Hay que estar felices o nadie va a querer ser mi amiga.

—Te vi en la playa.

—¿Tú juegas al juego también? —pregunto.

—No es un juego, babosa.

—¿Qué es?

—La mordida del vampiro.

Guardo el dibujo. ¿Se lo muestro a mamá? Sin mover su boca, Miqui contesta: muéstraselo. Pero hoy es cumpleaños de mamá, un cumpleaños importante. Cumple veinticinco. No quiero verla triste, y cuando mamá me ve mal, pregunta: ¿estarías más contenta si hubiera muerto yo en lugar de tu abuelito muerto? Yo creo que no, pero a veces pienso un poco que sí. Por dos razones. La primera: seguiría en la casa vieja con las cortinas siempre abiertas, con Miqui, tía Berenice y las gatas. La segunda: no existiría el vampiro.

Pero tampoco Pascual ni Toña.

Pascual no puede dormir. Anda por toda la casa, prende su tetera y con ella borra las cosas. No sé cómo, pero las borra.

Yo soy Guinea, no quiero borrar las cosas y no me dejan dormir.

Dafne: Mija. Gracias por contestar.

Yo estoy de tu lado, pero tienes que ser práctica. Esa gente tiene suficiente dinero para jodernos a todas.

La nueva mujer del papá de Pascual, la alemana, insiste en demandar.

Guinea: ¿Y a ti en qué te afecta, mamá?

Dafne: Me preocupas.

Guinea: ¿En serio? Piénsalo bien. Piensa qué te preocupa en realidad.

> La ciudad, en silencio, palpita solo para ella. Abre las cortinas, desliza el cristal y la brisa trae el aroma de pan recién horneado. [...] Sus pulmones se llenan con ese olor familiar mientras se acurruca en el rectángulo dorado dibujado por el sol en la cama. La tela brilla bajo su piel, prometiendo nuevos amaneceres. Con los dedos, busca su propia sonrisa y la desvanece al notar el silencio que la envuelve como agua en la tina.
>
> LENI FLORES

El despacho para el que yo trabajaba en México tenía una oficina en La Paz. A los pocos meses de la partida de Valentín, pedí un favor y conseguí que me transfirieran. No me arrepentí. La ciudad era todo lo que yo esperaba, me había mudado a la luna, una eléctrica conformada por extrañas siluetas del color de la sangre, del plomo, el ámbar y el escarabajo negro.

Las rocas tienen vida en La Paz. Hechas de arena, agua y fuego, vibran. Sacuden, absorben y escuchan. Curan, pero tiene un costo. El costo de abrir heridas. Es extraño. Vivir en La Paz es vivir en el corazón de la luna y mirar otra luna en la noche, a lo lejos, en el cielo.

Después de quedarme mes y medio en un hotel, renté un departamento en apariencia acogedor en el Centro Histórico, de esos a los que les entra el sol de la tarde, para que mis gatas pudieran asolearse. Valentín nunca me ofreció quedarme en su casa, ni siquiera por un tiempo. Yo no hubiera aceptado, pero me pareció extraño. Me invitó a conocer su piso a los dos meses de llegar a La Paz, y luego de que yo insistiera en llevarle un pastel por su cumpleaños veintiocho (técnicamente no me invitó, lo hice yo con empeño y terquedad).

Llegué en taxi, subí dos pisos de un edificio que daba a la 18 de mayo y Valentín abrió la puerta del 203. Vi un pasillo largo. Di un primer paso y el pasillo olía a ropa húmeda y a cilantro, un olor que hacía pensar en armarios o bodegas cerradas desde hacía mucho tiempo, tal vez años, y en restaurantes sucios de alguna avenida grande, tal vez El Prado, no sé. Un lugar desesperado por obtener o por lograr cosas, lograr escribir la gran novela boliviana, poner una clínica de análisis de sangre, o mantener una erección por cincuenta minutos, qué sé yo. Pero a la vez olía a un lugar al que no le importa ya nada ni nadie.

Tan pronto di el primer paso, quise salir huyendo; *date la vuelta,* me dije, *sal de aquí, carajo, Guinea.* Pero en vez de eso, avancé como tantas otras veces y crucé la mitad del pasillo, sonriente, con el pastel entre las manos. Lo primero que vi fueron varias bolsas de basura acumuladas; seguí avanzando arrimada a una de las paredes hasta que llegamos al comedor. La mesa estaba atiborrada de objetos: medicinas, botellas de Inka Cola vacías, jeringas, vasos y platos sucios, un tapón de oído, papeles, llaves, servilletas. No existía un solo espacio para poner una cosa más. El sillón verde de la sala también estaba repleto. Con náuseas y algo cercano a la claustrofobia, escaneé el espacio buscando dónde poner el pastel. Ya usaba menos mi termo mágico (siempre lleno de café o jugo y tequila) y no lo llevaba conmigo; me aterrorizó la idea de quedarme ahí largo rato sin alcohol, terror que escondí escaneando las estanterías en busca de la presencia de Baco. Valentín movió una mochila que ocupaba uno de los asientos del sillón de la sala, jaló mi brazo hacia el espacio libre y ahí me senté con el pastel sobre las piernas.

¿Todo chévere?, preguntó, ¿qué necesitas?, ¿qué cosa te traigo? Nada, dije, todo está perfecto. La mesita de la sala estaba cubierta de chunches, servilletas, corcholatas, vasos, un control de Nintendo con marcas de grasa, y Valentín empujó todo para poner dos vasos (limpios). Sirvió agua y me preguntó de nuevo cómo estaba. Me costó trabajo hablar. Era como si todos esos objetos atiborrados estuvieran ahogando mi boca o convirtiendo mis palabras en piedras demasiado grandes como para salir de la tráquea. Me sentí estancada. Yo había querido ir a ese lugar y ahora tenía que quedarme.

Creo que mejor sí voy a pedirte un favor, dije, ¿tienes algo de beber con alcohol, un vodka o Singani? Me respondió que tenía chicha fermentada; en realidad habría bebido lo que fuera, incluso ron (el ron me repugna por las borracheras de la adolescencia). Valentín se levantó y se llevó el pastel. Sirvió la chicha y trajo unas bolas de papa con maní que había cocinado. Estaban deliciosas, me relajé y bebí otra chicha y otra. Valentín prendió la pantalla de televisión que estaba frente a nosotros, desde ahí puso una balada.

Le gustaba todo lo que a mí no, canciones sin ritmo o sentido. Ese día, sus infinitos rulos se notaban acomodados. Tenía puesta una camiseta negra y su panza se disimulaba bien; pensé que yo le hacía un favor al quedarme un rato más, aunque luego me sentí mal de pensar tal cosa. Me acarició el brazo, tienes buenas venas, dijo, nunca vas a tener problemas cuando tengas que sacarte sangre. Me acarició el pelo, qué bonita eres, dijo, y me gustó que lo dijera. Me gusta que me digan que soy bonita y en ese momento no quise estar en ningún otro sitio, quise escuchar sobre mi belleza, mis venas, mi inteligencia, mi, mi, mi. Quiero que te sientas cómoda, que estés contenta, ¿no ve? Eso quiero para vos, Guinea. Suave, jaló de nuevo mi brazo y nos besamos hasta que interrumpió el timbre. Valentín salió y tardó un buen rato fuera; me puse nerviosa entre el polvo, el tufo y los objetos; pensé en escapar por alguna puerta trasera que no existía. Es mi mujer la que ha tocado, dijo cuando volvió. No ha querido entrar a conocerte, dije que estaba con una amiga bebiéndome una chicha y ha preferido irse, que se joda.

Valentín me explicó que llevaban cinco años juntos. Noté que no había fotos de ninguna mujer en el departamento, ningún rastro o señal que indicara que esa relación de años existía; volteé hacia el techo y me inventé que yo también había tenido novio hacía poco. Lo dije pensando en el regio casado, y de todas maneras yo siempre había sido infiel. Valentín quiso saber más, pero no supe qué otra cosa improvisar. Pensé en las veces que me había invitado a La Paz. En realidad, nunca había sido muy claro, ¿o sí? ¿Yo había querido creer una linda historia con tal de tener razones para irme de México?

Me levanté a dejar los vasos y el plato de papa con maní a la tarja de la cocina; no me atreví a poner los trastes sucios en el fregadero, había dos cucarachas medio muertas dentro. Valentín las había aplastado y dejado ahí, agonizando. Vi el pastel encima de un sartén sucio que estaba puesto sobre otro sartén también sucio. Como no quedaba espacio en ningún sitio de la cocina, volví con los trastos y los puse de nuevo sobre la mesita de la sala.

Pensé en irme, pero al mismo tiempo no se me ocurrió en dónde podría sentirme mejor. No tenía a donde ir. ¿Era eso la soledad?

Dafne: Mija, ¿cómo estás?, ¿las gatas?

Estaba pensando que podríamos vernos para comer o desayunar. Vente a la casa, o si quieres te invito a un vegetariano.

¿En serio no vas a responder?

¿Lo haces para molestarme?

Te suplico que pares los correos. TE LO SUPLICO.

---------------------------- **Forwarded message** ----------------------------
From: Vampir@ Sonámbul@ <vampirosonámbulo@hotmail.com>
Bcc: ...
Subject: Recuerdos de casa
IP Address: Desconocida
Date: Mon, May 16, 2011 at 16:02 PM

Papá vampiro tiene una sonrisa y unos dientes tan largos y bonitos, que dan ganas de hacerlo reír. Todo el tiempo.

Cuando ando descalza y aúllo como loba, cochina o gata, se enoja y también los enseña, los dientes. Yo lo entretengo así, lo hago reír sin parar, enojarse sin parar, todo junto y revuelto.

Dice que sus dientes son como los de su mamá, ¿será?

Y es que la abuela Tita sonríe tan poco, que cuando sonríe lo hace de cartón. Papá vampiro sonríe de verdad, sonríe cuando me cosquillea y cuando lo cosquillean a él. Cuando uso tacones de mamá o me disfrazo de libélula, liebre de pascua o lombriz.

Lo que no logro es hacerlo llorar.

Nunca hemos visto sus ojos mojarse. Ni Pascual, ni Miqui, ni yo.

La abuela es una vampira y es mi abuela nueva. Tita gordita, tontita y marchita. Tita es seria y redonda, aprieta sus labios cuando nos mira a Pascual y a mí, dice que soy como un animalito, siempre descalza, nunca obediente, y que Pascual es mal presagio, mal augurio.

Ella no podría ser mi persona favorita, Tita. En cambio, sí podría ser la del vampiro por dos razones. Una, porque es su mamá (mi persona favorita es mi mamá). Dos, porque su enorme retrato nos recibe a la entrada de la casa de los espejos; los reflejos repiten y repiten sus colgajos, imitan el cling, cling. Unos dientes blancos y anchos asoman, aunque Tita nunca sonríe en la realidad (y la vez que vi sus dientes, no eran como en el cuadro). Le pintaron flaco el cuerpo, le cuelgan medallas de oro, va enrollada en un collar de perlas largo largo, y sus ojos de pintura miran más bonito que los de verdad.

El vampiro no puede ser la persona favorita de mamá. Ella dice pintarse el pelo es de dones y señores de mal gusto. Solo las señoras deben pintárselo. La abuela nueva aprieta sus labios cuando la oye y va y le dice al papá vampiro: tú no hagas caso, mijo, Dafne será tu mujer, pero es una chamaquita de Pachuca, una chica sin gusto, a ti el tinte de cabello te queda bello, mijito. Los días que toca tinte, Toña usa pintura negra-negra, le alisa el pelo a papá vampiro y al pelo lo llama cabello. Decir cabello en lugar de pelo es de gente de mal gusto (explica mamá mientras acomoda su chongo que se ha vuelto el peinado favorito). Yo debo decir pelo. El pelo es del cuerpo y no de la cabeza (explica papá vampiro), aunque él prefiere la palabra *vello*: la palabra *pelo* debe eliminarse del vocabulario o usarse solo para los animales. Y dice: los animales deberían existir para comerlos nada más.

Mamá no piensa igual, pero desde que la abuela nueva nos visita todo el tiempo, mamá está siempre ocupada o dormida; escucha a lo lejos las palabras de la Tita y opina que a la gente siempre hay que encontrarle algo bueno, aunque lo tenga oculto. Y es que a mamá le toca hacer mil cosas. Si Tita no está en la casa, llama por teléfono y mamá responde. Mamá lee, hace los menús de la semana (sin grasa), hace aerobics, bebe del vaso alto con hielos y duerme. Revisa que Toña limpie las esquinas, debajo de los tapetes y arriba de los tres refris. Escribe artículos, se peina sus pelos, vellos o cabellos, y lleva a Pascual al doctor de gordos, a clases de flauta, pintura, lo recoge y bebe del tarro color crema. Nos lleva a la escuela, nos recoge de la escuela, responde a la abuela nueva Tita y compra jabón neutro anti-rugosidades de vampiro y girasoles. Luego de oír las quejas de Toña sobre el primer menú, rehace el menú de cada día (con algo de grasa); prepara nuestro lonch (sin cochinadas), aplasta mis pelos con limón, lo trenza, limpia mis uñas luego de revisarlas, calienta la cena del vampiro mientras él lee sus libros al revés, luego beben juntos de copas bajas, transparentes y gordas, duerme; nos lleva a visitar a la abuela, a comer el lonche, nos regresa y escribe; revisa lo que me dejaron de tarea, lo que le dejaron a Pascual, la corrige, nos lleva a la clase de flauta, de pintura, nos recoge y va a la revista para la que escribe, vuelve y duerme. Llama a la señora del *pedicure* y *manicure* del vampiro para sus uñas larguísimas y faciales que dejan su piel de cera. Por la noche, mamá lee, responde llamadas de la abuela Tita y vuelve a leer o escribir sus cosas y acaba cansada y bebe del vaso alto y flaco. Ordena papeles, cepilla su pelo, lee sus libros y pinta sus uñas de rojo. Duerme.

Salimos de visita a otra casa (a la casa de la abuela Tita). La casa no nos deja estar felices, hoy nos engañó. Buscábamos conejos, conejas y huevos de Pascua. El señor chofer de la abuela escondió cientos, tantos que Pascual y yo nos llenamos las bolsas enteras y otras bolsas más que no eran nuestras. Mordí el primer chocolate y, ¡cuaj!, escupí todo frente a la abuela que aprieta sus labios, la Tita gordita, tontita y marchita, tus huevos dan asco, le quiero decir, y ¡ninguno es de chocolate! Son de esos blanquitos y duros, esos que lastiman los dientes y saben a guácala.

Mamá lo llamó una desilusión. Pascual, una porquería. Por-que-ría. Reía como un loco furioso y escupió en el lomo de un pavorreal de piedra que decora el salón de la Tita. Al final de la búsqueda, quise hacer lo mismo; pero en lugar de eso, tiramos los huevitos blancos de Pascua al excusado. De uno en uno. Pascual jalaba la cadena y los huevos daban vueltas y vueltas como caquitas de conejo. Era lindo verlos girar y girar, pero no todos se fueron por el hoyo.

El baño se tapó. La prima falsa (o nueva) Mechita nos acusó con su mamá, la tía falsa Lory. Nos regañaron. Yo intenté explicar que los huevos eran una basura, y la abuela Tita me explicó que no se debe decir la verdad acerca de nuestros sentimientos: lo mejor es pretender y agradecer la basura que se recibe. Mamá escuchó y opinó que, en ciertos casos, la abuela tenía razón.

La Tita dio regalos que trajo de Guadalajara (menos a Pascual por tapar el baño, escupir y haber nacido). Los niños hacemos fila, la fila del beso y del regalo. A mí me tocó el peor: una cruz. ¡Una cruz!

—Gracias… Abuela.

—Para que te la cuelgues y le reces al niño Dios —dijo mirando mis pies descalzos y pensé que ya vendría un castigo, sermones y luego sus labios gordos de viscoso caracol; era hora del beso y dejar que el siguiente niño pasara.

Pero yo no sonreí, no me moví para ofrecer mi cachete.

—¿Qué pasa, Guinesita? —preguntó papá vampiro que estaba parado a mi lado.

—La abuela Tita… ¿Estará embarazada?

—¿Qué dices, Guinea?

Señalé la panzota de la vieja.

Me sangolotearon, me sacaron de la fila.

No hubo beso. No hubo babas, ufff.

Palabras que molestan a los demás: un salvavidas.

En el coche Pascual iba en silencio leyendo su libro *Animales de la Selva;* yo, en silencio, viéndolo leer.

—Debes sonreír más, Guinea —dijo mamá—. Y hay cosas que no se preguntan.

—¿Cómo qué?

—Como eso de las panzas de las mujeres. Y la edad. Nunca, nunca, preguntes la edad.

—Pero a mí me la preguntan siempre —dije.

—Desde cero y hasta veintinueve, no tiene nada de malo —explicó papá vampiro.

—¿Por qué?

—Cero a veintinueve —repitió—. Ponte trucha, Guinesita, de los cero a los veintinueve es cuando las mujeres más valen.

—Cero a veintinueve —repito y pienso. A mamá le quedan cuatro.

—Tampoco se le pregunta a la gente mayor ni a la gente panzona si está embarazada.

—Perdón, mami.

—Eso lo preguntó nomás pa´ajerar. ¿O lo preguntaste en serio, Guinesita?

—Lo dijo para ajerar —contesta Pascual.

—Ya sabías la respuesta, ¿verdad Guinea?

—Sí, papi.

Pascual, Miqui y yo detestamos la casa de la abuela falsa y a toda la gente que hay dentro. Pero nos gusta el jardín enorme, el cuarto de juegos con piano y el jardín secreto escondido detrás del enorme jardín. Cuando Pascual no viene (por castigado), la paso bien quieta escondida en los baños o con la prima falsa Mechita. A veces cuento y repaso fotos. Y es que de las paredes cuelgan trescientas diecisiete (Pascual las contó, aunque ya sabemos que exagera).

En ninguna salgo yo.

Trescientas diecisiete. Ni uno de los treinta y tres primos falsos (o nuevos) falta en los retratos, ni Pascual falta. Solo yo.

Esperamos a que sea mi turno en uno de esos marcos. Revisar, esperar, revisar, esperar.

Mechita aparece vestida de rosa. Para la misa de Jueves Santo, mamá me hizo ir de verde caca. Toña fue de vestido blanco, sin sus blusas esas que le aprietan el cogote. Toña es una mujer muy guapa, dijo mamá, lástima de cómo se arregla. Pero así es con esta gente, dijo tía Berenice: ellas se salen del pueblo, pero el pueblo no se sale de ellas.

Mamá se burlaba de papá vampiro: iba de Drácula con su pelo tan negro y sus labios tan rojos.

¡Pascual, Pascual!, tienes razón.

Es un vampiro de verdad, este papá vampiro.

De verdad es ¡Drácula!

Perlas, pendientes, medallitas de oro. Abuelas falsas en cada espejo. Mi casa nueva revienta de abuela Tita cuando visita. Cling, cling, cling, se acerca.

Una gran gorda, una gorda antipática.

Ya casi se va a morir.

—Saluda a tu Tita —me sonríe—, ven acá Guinea.

Se inclina. Pega su cachete a mi cara. Meto los labios y beso esa torta suave cubierta de ajonjolís. De cerca son hoyitos rosas. Y huelen.

Anaïs. A esa botella del baño huelen. *Anaïs*.

Labios viscosos de gordo caracol, como los del vampiro. Más gordos, caracol que se enrolla, se arruga mojadito de baba.

Caracol, ¡ay!, mojas mi cachete, caracol.

—Oye, niña —dice Toña—, los besos no je los limpia uno.

—Menos con la manga de tu suéter, Guinesita —dice papá vampiro con labios púrpuras.

—Menos enfrente de quien te besó —dice la abuela sonriendo, falsa. Se le cierran sus ojos de camarón asado.

—¿Por qué no? —pregunto.

—¿Qué no le has dicho que se tiene que aguantar las cosas que no le gustan? —dice la falsa.

Yo limpio otra vez, con la otra manga.

Pascual espía.

Sin dar las gracias tomo el regalo que me trajo la vieja.

Aprieta los labios. Me mira con odio.

Se mira en los espejos.

La miro con asco.

Los espejos me observan.

En mi cuarto, tiro al escusado la sexta cruz que me regala la falsa. Mamá la encuentra y la deja en mi buró; opina que es feo tirar los regalos que nos trae la abuela Tita, aunque sean siempre los mismos.

—¿Les duele, papi?

—Son de chocolate, Guinesita.

—¿Mueren rápido si me como primero sus cabezas?

—Ya están bien muertos.

—¿Como mi abuelo?

—Como tu abuelo —me mira, serio, el cuerpo—; deja de comerte esos conejos o te vas a poner gorda igual que Pascual.

—¿Son conejos o conejas, papi?

—Conejitas.

—¿Conejitas bebés? Yo por eso les muerdo primero la cabeza y mueren sin dolor.

—Guinesita —dice papá vampiro—, todo sabe más rico si lo comes de bebé, cuando la carne es tierna, ¿verdá?

A partir de esta noche siempre
será de noche y nunca dejarás esta cama: larga
racha de pájaros y una presidencia. Llegamos.
Vas a terminar encima de nosotras. Las que
tenemos piel de cielo. Las de piernas perfectas.
Cara de niña y lengua de animal. A quienes
nos tapaste bien la boca y nos pusiste la correa.
A las que ordenaste échense y muéstrenme la
lengua. Vas a nacer encima de nosotras.

DOLORES DORANTES

Los domingos que podíamos vernos, a Valentín le gustaba postrarse desnudo en la cama hasta tarde. Prender la tele sin poner atención, el volumen al máximo para "poder pensar". Casi siempre eran programas deportivos los que ponía o programas de gente gritando, cantando; cruzaba los brazos sobre el pecho, abría las piernas y miraba para arriba como si en lugar de ver el plafón pudiera ver un cielo limpio. Por favor, levántate, le decía, báñate, vamos a desayunar. No había respuesta y daba la impresión de que estaba triste. Yo muchas veces me iba a vagar por la ciudad un par de horas, le daba tiempo de reaccionar. Y es que la ciudad se volvió muy rápido mi casa, una casa ambigua como a lo que me había acostumbrado, en donde hay calor y hay hielo, refugio y violencia.

Cuando regresaba a casa de Valentín, él seguía igual, mirando el falso cielo con la televisión prendida y el volumen a todo. Por ahí de las cuatro de la tarde se vestía con la ropa del día anterior, y si le preguntaba ¿no te piensas bañar?, contestaba que desde que ya no sacaba sangre de brazos, no se bañaba en fin de semana. Comíamos lo que cocinaba (algo sencillo pero delicioso; Valentín siempre me preparaba cosas ricas) y un largo monólogo manaba de su boca. Hablaba de lo poco que le ilusionaba ya la vida y de lo difícil que era ganársela como librero; alguna vez sugerí que volviera a ser flebotomista, pero respondió que todos los dueños de esos laboratorios eran unos imbéciles. Hablaba también de cuántas cosas habían dejado de darle placer, incluida la comida (eso lo decía masticando, entre lágrimas, trozos enormes que apenas cabían en su boca).

Después de comer íbamos al Multicine de Avenida Arce o a beber a la cantina. Esa parte me seguía gustando, la de beber juntos. Valentín era más o menos alto y más o menos gordo, cosa que me tranquilizaba porque, en ese momento, lo único que me importaba era ser más pequeña que el hombre u hombres con los que estuviera; sus rulos color tierra mojada eran apretados, casi como bolitas, y crecían hacia el cielo. Sus ojos cafés acaparaban la mayor parte de su cara y cuando lo miraba, guau, esos ojos se convertían en todo el rostro y lo embellecía a pesar de que la mirada no era siempre amable: a veces de cliente furioso en la fila del banco, a veces de monje en éxtasis, otras de perro hambriento en busca de hogar. Tenía mucho pelo en los brazos y en el pecho, y más todavía en la cabeza. Sus palabras eran filosas y dolían como un corte. Hendían. Le gustaba jalarme del brazo para mostrarme cosas, para darme a entender que ya se había cansado de estar en algún lugar, o para indicarme lo que quería que yo hiciera (que se la mamara). Usaba camisetas roídas, pantalones y zapatos de vestir, y me preguntaba cosas que a la mayoría le habrían resultado incómodas, pero a mí no. *¿Cuál es la cosa que más te avergüenza de vos?* Estaba deseosa de mostrar mis vísceras, mi basura, la peor mierda, esos desechos que aún guardaba y guardo. Sacarlos todos y aventar pa'arriba.

Luego de esas confesiones, muchas veces me iba caminando ya de noche. Buscaba un lugar ruidoso, muy. Tenía miedo del silencio, miedo a dejarle espacio al run-run de mi estúpida cabeza. Conforme avanzaba la noche, el miedo crecía. Si me iba a acostar sin estar exhausta, sabía que el Choqueyapu no me dejaría dormir.

Y es que el Choqueyapu está plagado de luz y mierda por partes iguales; como yo. Su cauce lleva una ráfaga fría; se cuela por las ranuras y llega hasta mi habitación como si fueran voces. Hay una intensión en su torrente subterráneo, la de hacerte mirar y oír aquello que no estás mirando, sí, o aquello que no quieres mirar. El alcohol era la única forma de noquearme, cerrar las ranuras del cuerpo, escapar de la textura del río. La experiencia del alcohol hasta la estupidez: La Paz me daba eso.

Otras veces me quedaba a dormir con Valentín, en especial las veces que su novia no estaba en la ciudad. Le contaba de los mensajes que me enviaba Dafne y de nuestra mala relación. No le daba detalles, y mucho menos le hablaba del expadrastro ni de otros miembros de esa familia de mierda. A veces tenía ganas de mencionar a Pascual, pero ponía cuidado de no revelar que llevábamos años sin vernos.

A diferencia de a mí, a Valentín le gustaba recordar el pasado; yo lo recordaba por fuerza, y el recordar era una compulsión que nos unía. Una vez, en la cantina, me preguntó una pendejada. ¿Cuál fue el momento más vergonzoso de tu adolescencia? No sé, dije, pero puedo contarte alguna cosa ridícula. No he dicho ridícula, Guinea, he dicho vergonzosa. No es lo mismo, ¿no ve? Ok, respondí, me viene algo a la mente.

Habré tenido dieciséis o diecisiete. Se me acercó un tipo, era veterano de guerra. Obvio no acá en México, fue en Gringolandia con Paloma, mi amiga de la escuela.

El tipo dijo que ofrecía servicios de adivinación a cambio de un billete. Estuve a punto de decir no gracias, no traigo efectivo, espero a mi amiga y tenemos prisa, pero dije sí. Recuerdo que el veterano se me acercaba mucho, la silla de ruedas (una muy vieja) me pegaba constantemente en las espinillas por más que yo me hiciera hacia atrás. Al hombre le quedaba un solo brazo para empujar esa silla y me sentí obligada a aceptar sus servicios. También recuerdo que yo llevaba dos o tres bolsas llenas de ropa recién comprada en el centro comercial en el que estaba, cosa que me dio cierta vergüenza. También me dio vergüenza no tener ninguna herida visible que me hiciera contrastar menos con él. Mientras sacaba un billete de mi cartera —uno de valor promedio—, mi amiga Paloma salió del baño cargando su bolsa de compras y se acercó a nosotros. El veterano le ordenó que abriera bien los ojos y ella obedeció sin siquiera saber de qué se trataba la cosa. Él empezó a describir su carácter; se nota que no te gustan las películas de horror, seguro que prefieres el vino antes que el güisqui, me tinca que tienes un hermano insufrible y que eres heterosexual. Terminó hablando de la creatividad de Paloma para hacer manualidades y dibujos, y su tendencia a no tener pelos en la lengua y a leer la mente de los demás; luego volteó a verme a mí. Abrí mucho los ojos para facilitar la lectura de mi alma, pero sobre todo para que encontrara algo especial en mis profundidades; noté que, entre los dedos de su única mano, el tipo todavía apretaba el billete que yo le había dado. Luego, lo guardó con calma dentro de una bolsita de cuero que tardó en cerrar con esa única mano y siguió mirándome largo rato sin expresión.

Quise darme estos minutos para apreciarte, dijo, pero no puedo mentirte *my friend*, no hay nada que decir sobre ti, eres insignificante y anodina.

Hizo girar la silla (de nuevo, con su única mano) y las ruedas chirriaron. Se fue bien despacio, como en una película de algún director de cine de arte, de esos que se toman su tiempo con cada escena.

Mientras se iba, sentí mucho odio hacia él y lo imaginé perdiendo la mano de forma estúpida pero dolorosa. ¿De qué guerra habrá sido veterano?, preguntó Valentín. ¿O será que ni siquiera era un veterano y lo inventó? No sé, dije. Si lo inventó, entonces también inventó lo de ser insignificante y anodina (palabras que ese día me tragué como dos grandes pastillas e hice parte de mi persona). El punto es que la respuesta que yo había esperado de Valentín por esa confesión era una muy específica. No eres ni insignificante ni anodina, Guinea. Vos lo eres todo. Pero no lo dijo.

Te importa demasiado lo que piensan los demás de vos, eso fue lo que respondió.

Dafne: Guinea, mija. Lory me ha estado pidiendo tu número, pero ya sé cómo te pones.

No es por nada malo. De hecho, es bueno. ¿Te cuento?

Guinea: Hola mamá. No des mi número porfa

Dafne: No es por algo malo, Guinea. A ver, te cuento.

La IP desde donde llegan los correos es desconocida. No saben si es de México o de dónde. Podrían estarlos mandando de cualquier parte del mundo. ¿Entiendes?

El abogado no puede probar que tú los estés mandando. Y lo que necesitamos saber es si te has comunicado con Pascual, si tienes su teléfono. Porque yo les dije que él bien podría ser el autor de los mails; también vivía ahí, en nuestra casa, y pudo haber visto todo lo que está descrito en esos mails.

¿Me entiendes?

Paloma: Hello! Qué andas haciendo? Cómo va todo por allá. Oye, tu mamá me escribió para preguntarme por ti. ¿No sabe que estás en Bolivia? ¿Puedo decirle? Manda fotos, besitos.

Guinea: Hola Palomaaaaa! Dile lo que quieras. Por acá todo bien.

El otro lado de la noche es una noche sin noche, sin tierra, sin casas, sin cuartos, sin muebles, sin gente; no hay absolutamente nada en el otro lado de la noche, es un mundo sin mundo por completo y para posesionarse de él será necesario no poder alcanzarlo. Está a la vera de tu cuerpo y está al mismo tiempo a una distancia inimaginable de él.

Jaime Sáenz

¿No vas a abrir la boca en toda la noche?, le pregunté a Valentín luego de manejar desde Oruro hasta Sucre sin pronunciar palabra y de que bajáramos las maletas y bolsas de súper hasta la cocina de la casa que yo había rentado.

Con la intención de contentarnos tras alguna nueva pelea por alguna otra falta de respeto mía, yo había organizado el viaje de fin de semana largo, había dejado a mis gatas en un hotel para gatos bastante caro y elegido una cabaña muy bella para Valentín y para mí. Pero el silencio me tenía mal. Si no vamos a hablar en todo el fin de semana, no entiendo para qué estamos aquí, dije; si hay algo que te sigue molestando, escúpelo, carajo, y podemos tratar de resolverlo. A ver, Guinea, amor, vos eres la que no habla, vos eres la que no ha dicho nada, ¿te das cuenta?, la que se ha portado como una niña de diez años tomando traguitos de no sé qué huevada que traes en ese termo, Guinea. No sé qué más quieres que te diga, no te entiendo, pero si quieres ahora mismo nos regresamos a La Paz. Yo puedo beber lo que se me dé la gana, contesté, no te metas con eso, Valentín. Se dio la vuelta y empezó a jalar las bolsas, a entrar y salir de la casa llevándolas de vuelta al coche. Me hubiera encantado desaparecer de ahí y aparecer en mi departamento; releer los mensajes de Pascual, estar lejos de todas las pendejadas en las que yo solita me había metido para ir a terminar ahí con Valentín; pero regresar a La Paz era un viaje de diez horas (parando a la mitad en Oruro), ¿para qué?, tendríamos que dormir juntos igual en Oruro y pagar otro hotel, más la misma tortura de seis horas en silencio, agregándole la oscuridad total de la noche que se acercaba. Y más cansados, más hartos, más hambrientos. Yo, con el resentimiento de haber pagado una renta que no se usó.

Tengo hambre, Valentín. No tengo ganas de estar otras seis horas en el coche. No quiero armar un pedo, no quiero pelear ni que me hagas sentir mal, por favor. Entonces, ¿de qué tienes ganas?, preguntó, si no es de pelear, no entiendo qué es lo que te apetece, Guinea, porque parece que de eso es de lo que tienes ganas todo el tiempo, de pelear y de hacerme sentir como la peor mugre del mundo que ha venido nada más a joderte.

Se acercó para acomodarme el pelo y su aliento todavía olía a carne, a unas salteñas de carretera que comió. Ganas no me faltaban de reventarle una de las botellas de cerveza que llevábamos en las bolsas, de verle la cara reventada de sangre y correrlo de ahí. Qué hermosa eres, dijo y acarició mis mejillas. ¿Nunca te has hecho fotos profesionales? No, nunca. ¿Ni siquiera de más joven?, insistió. ¿Y para qué me las iba a hacer, Valentín? Pues no sé, para que las viera yo, para un casting, para venderlas; conozco a muchos que habrían pagado por verte. Uy, qué mala suerte, dije, supongo que perdí la oportunidad de que un pendejo se la jale viendo mi foto. ¿Y a ti qué mosco te ha picado, Guinea? Un cumplido nomás he dicho, ¿no ve? No es algo malo.

Me quedé callada.

¿Entonces? ¿De qué tienes ganas, Guinea?

Pues quisiera cenar algo rico, dije, tomar una copa y platicar contigo.

Salió de nuevo hacia el coche y empezó a sacar las bolsas de la cajuela, a meterlas a la casa pegándole al suelo con pisotones y empujando las compras sobre la mesa de la cocina. Cuando terminó, sacó dos vasos. ¿Qué te sirvo de tomar, amor?, preguntó con evidente molestia, pero sin dejar de decirme *amor*, palabra que empezaba a sonarme a mentada de madre, cosa que debí tomarme como un aviso, como un augurio de lo que se vendría después. ¿Por qué no vamos al centro a cenar?, sugerí, dicen que hay muy buenos restaurantes en Sucre, ¿probamos uno? Y para qué hemos comprado todo esto, dijo, si no te gusta lo que yo cocino, y si pensabas salir a gastar al pueblo. En este lugar los precios son para turistas, yo no pienso salir a que me roben cuando ya he gastado una fortuna comprando todas estas huevadas. Pues yo te invito, contesté. Cada vez que se te presenta la oportunidad de dejar claro que tienes más plata que yo, dijo, lo dejas claro; y eso está muy jodido, Guinea, que me quieras romper con eso. ¿Lo dices en serio, Valentín? Parece que te gusta que me gaste toda la plata en cualquier mugre para que nunca pueda pagarte lo que me has prestado, o a saber para qué mierdas. Y ni siquiera se trata de eso, amor, porque yo siempre pago mis deudas, se trata de que todo el tiempo quieres que haga lo que vos quieres hacer, se trata de tus planes, de que yo te diga que sí a todo, porque si no hacemos lo que vos quieres, ya no te gusta, Guinea, ¿no ve?, y no reconoces tampoco el esfuerzo que yo he hecho viniendo aquí sin que lo sepa mi mujer. No se trata de la plata.

Me senté y le pedí que me sirviera un Singani. ¿Era verdad que siempre hacíamos lo que yo quería? ¿En serio

Valentín pensaba que lo quería romper? *Romper*. Me tragué la palabra entera, era ya parte de mí; yo me había convertido en alguien a quien le gustaba *romper*.

Valentín sirvió dos Singanis, partió un mango en cuadros con sal y limón, lo dejó junto a mi vaso. Luego, se puso a cocinar las tortitas de papa con maní que me encantaban. Te las preparé como te gustan a vos, dijo. ¿Me perdonas?, pregunté. No se trata de portarte así y luego pedir perdón, Guinea, se trata de en serio tener la intención de cambiar, ¿no ve? Tuve ganas de aventarle las papas hirviendo a la cara y largarme a cenar. Agarré mi vaso y tragué el licor en silencio. Quieta. Valentín me quitó las chanclas y calentó mis pies con las manos, paciente; no me atreví a mirarlo, fijé la vista en la pared, inmóvil. Luego sirvió unas cebollas fritas que se acabó él. Me lavé los dientes; él no se los lavó. Nos acostamos a leer, me di la vuelta para tratar de dormir y poco después noté que Valentín ya había apagado la luz. También se volteó mirando hacia su lado, dándome la espalda.

A la mitad de la noche, me abrazó de cucharita. Te quiero, amor, dijo. No me moví. Empezó a besar mi cuello despacio, a meterme los dedos en el culo. Me penetró así, de espaldas, dos o tres minutos mientras yo me hacía la muerta. Luego, me abrazó. Te amo, dijo, y se quedó dormido.

Despertó tarde. Yo pasé la mañana leyendo y pensando. Más lo segundo que lo primero. Pensando en lo absurdo de que Dafne hubiera convencido a todos de la posibilidad de que Pascual fuera quien enviaba los correos. También pensaba en el tal Leo, en la insistencia de Pascual con eso de que lo conociera, y en por qué lo habría entrevistado.

Luego, pensé en Valentín. En el pobrecito Valentín al que yo tan mal trataba.

Después de desayunar, noté que no sacó el cepillo de dientes de su maleta y cuando se acercó para besarme, tuve asco. Salimos a las calles empedradas de Sucre, hablamos poco. Le dije que había soñado con un tipo del que ya no me acordaba. Un profesor de la universidad, un tal Montoya. Le dije que ese profesor Montoya me lo recordaba a él, a Valentín. Bueno, viceversa, y que la cara del profe de pronto era muy nítida, como si lo estuviera viendo, aunque habían pasado años desde la última vez. Por su silencio, me di cuenta de que mi comentario no le había gustado. Me puse tensa.

—Te quiero —dijo.

—Podrías demostrarlo en vez de decirlo.

—Lo que a vos te pasa, Guinea, es que no te sabes enojar con la gente correcta.

—¿De qué hablas? No estoy enojada.

—Sí, estás brava. O no te pasarías la vida agrediéndome.

—¿Agrediéndote?

—Como con aquello de la plata y con que te recuerdo a ese cabrón de la universidad.

—¿Qué tiene de malo? No mames.

—¿Qué tiene de malo, amor? Pues que vos me lo has mencionado antes, a ese Montoya. Has dicho que era un viejo lesbiano.

—Okey... Pues te pido una disculpa, Valentín. No me acordaba.

—Ese es el problema, ¿no ve? Que no te acuerdas. Ah, y que no te sabes enojar por las huevadas correctas.

—No es cierto, eso.

—¿No? ¿Y esa vez que te topaste con la doña de la limpieza en la farmacia?

—¿Con Toña?

—En vez de enojarte con ella, debieras estar brava con tu madre. Se nota que te encabronan los mensajes que te manda según muy preocupada por ti. ¿Por qué no le dices que debió preocuparse antes, cuando eras una wawa? ¿O no piensas enojarte con la mujer y que me joda yo?

Me hirvió el cuerpo y me costó guardarme las lágrimas que se acumularon detrás de mis ojos, en mi garganta, debajo de toda mi puta piel.

—¿Sabes qué, Valentín? Me arrepiento de todas las veces que te conté algo personal. Eres un imbécil.

Empecé a caminar de vuelta a la cabaña con Valentín detrás de mí, hasta que alguien empezó a llamarlo desde el otro lado de la acera.

—¡Valentín! ¿Eres vos, colla?

Valentín volteó y cruzó la calle hacia un tipo alto y flaco, de bigote espeso estilo chevrón.

—Qué pasa, broder, ¿qué hacés por acá? Yo te hacía en México —dijo el tipo. Se abrazaron y yo me quedé parada del otro lado, mirándolos—. ¿No venís con esa ñata?

—Guinea, ¿qué haces allá parada como estatua? —Valentín me indicó con las manos que me acercara y obedecí—. Te presento a Federico, un pata de Santa Cruz.

—Freddie Zarazúa —dijo el otro y se acercó a saludarme de beso—, nadie me dice Federico.

Sentí la mirada de Valentín perforándonos. Y me gustó. Yo misma le propuse al tal Freddie Zarazúa que viniera con nosotros a tomarse una cerveza, misma que aceptó y buscamos un bar.

Era un tipo alargado de dientes también alargados y grandes que asomaban por debajo de su bigote mal recortado. Valentín y él habían coincidido en La Paz, durante el último año de Bachillerato. Los ojos de Freddie eran negros de perro bueno y colgaban para abajo, pero su mirada no era buena ni la sonrisa tampoco. Enseguida me atrajo y pasé las dos horas enteras en el bar platicando con él. O, más bien, tirándole el pedo, viendo cómo se llenaba los bigotes de espuma de Paceña y luego se los limpiaba con la lengua, hasta que se levantó al baño. Valentín me jaló del brazo. Si quieres seguir de puta, me largo y le dejo mi lugar a ese cabrón.

Pidió la cuenta y pagué yo. Freddie se despidió de mí con otro beso, esta vez húmedo de babas y cerveza.

Valentín y yo nos largamos en silencio, caminando cada uno en una acera distinta. Cuando llegamos a la cabaña, me volteó contra la pared. Levantó mi falda larga de lino, bajó mis calzones y me cogió por atrás. Terminó en un minuto y se fue a dormir sin cepillarse los dientes.

Pensé en agarrar el coche y largarme sola a Oruro, pero estaba muy peda.

Abrí la laptop, busqué al tal Freddie Zarazúa en Facebook y lo agregué.

---------- Forwarded message ----------
From: Vampir@ Sonámbul@ <vampirosonámbulo@hotmail.com>
Bcc: ...
Subject: Casa, memorias
IP Address: Desconocida
Date: Fri, Jul 01, 2011 at 5:57 AM

¡Alerta! Mi papá nuevo no es como los demás papás. Se le asoma su champiñón por debajo de la blusa. Viene a mi cuarto chiflando canciones y va a la cocina en camiseta púrpura, sin pantalón y sin calzón. Tápate ahí, dice a diario mamá, mientras él canta *Acuérdate de Acapulco, de aquellas noches, María bonita, María del alma*. Mamá luego ríe y todos reímos.

Toña opina que eso es lo mejor, todo es mejor si piensas que da igual, si lo cambias en tu cabeza, si piensas que estás muerta y te haces la muerta. Bah, yo no pienso tanto las cosas, yo veo el feo champiñón y tan-tan. En cambio, Pascual se ríe como un tarado, lee *Animales de la Selva*, o vomita lo que come.

¡Alerta! El vampiro no es como los demás papás. Sube a mi cuarto, copa de vino en mano, y dice: acuérdate, Guinesita, a comer más verdura, a tallarse bien tus partecitas en la tina y, lo más importante, a dormir sin calzón.

Pero a mí me gusta dormir con calzón.

Pero no es bueno dej*árselo* puesto, Guinea, que se corta la sangre, que se aflojan las venas y tu pitayita no se ventila. Ponte trucha, Guinea, hay que dormir con camisón, sin calzón, ¿entiendes?

Sí, papi.

Sonríe, Guinesita. Vas a ver cómo es *más sano dormir boca arriba, con una almohada tapándote la cabeza.*

Como muerta.

¡Alerta! El vampiro da más *órdenes y* trae a mi cuarto sus panderetas viejas.

De vez en cuando vendré a verlas, Guinesita, pa' que aprendas a cantar, a que te guste la música.

Al que le gusta es a Pascual, papi, llévaselo todo a él.

Pero el vampiro no escucha.

¡Alerta! Sube los tambores. Vuelve a subir con el bongó. Y vuelve a subir con lo peor: su payaso de lata.

A calmar a She-ra, ella odia y detesta a los payasos. ¡Tápate los ojos!

Y los tambores… Los tambores son ruidosos y la caballa Viento odia el ruido.

Y la unicornia Flecha… Ella se tapa todas sus orejas, detesta la mala música…

Y Miqui… Miqui es la más furiosa… Me lo advirtió…

Ven, ven que te llevo al sótano.

Acá abajo armamos la tienda de campaña, Miqui lo prefiere mil veces.

Entramos al jardín de niebla fantástico.

Y no nos vemos tanto en los espejos. Algunas paredes no tienen.

Descanso de mi cara.

Y huele a bosque de conejas.

Vamos a las tiendas, mamá me escoge un horrendo vestido caqui y una diadema verde para mandar a Narda. Una adornada de un ópalo para Paloma, y para Mechita una de florecitas.

Es linda, la de Paloma.

¿Mucho? ¿Más que la mía?

Quiero ir a la dulcería, pero el vampiro no me lleva, tienes que bajar esos cachetes, Guinea, ¿o te quieres que se te marquen los calzones en la piel como a tu hermano?

—Escuché algo en el teléfono —me dice Pascual al oído, de camino a la tienda de juguetes.

—¿Qué oíste?

—Es secreto.

—Dime, Pascual.

—Los secretos no se dicen, babosa.

—Mmmm… ¿Y si hacemos un pacto?

—¿Cómo?

—Palabras mágicas. Palabras que me hagan muda y yo no pueda repetir tus secretos.

—Babosa, Guinea. Solo promete que no vas a contar.

—Prometido. —Y muestro mis dedos sin poner changuitos.

—Pacto hecho jamás deshecho.

—¿Qué oíste, Pascual?

—Oí que ya me van a mandar lejos. Y no quiero.

—Creí que querías irte.

—No a un psiquiátrico.

—¿A un sicálico?

—No, babosa. Psiquiátrico. Una escuela de niños raros.

—¿Cómo lo sabes?

—Me lo dijo Toña.

—El vampiro piensa que eres raro.

—También hablaron de ti.

—Me da igual.

—Hablaron cosas malas, Guinea.

En la tienda de juguetes, el vampiro compra con tarjeta mágica. Escojo otra caballa, el pelo le crece azul como cascada y sabe volar mejor que un murciélago. Mamá escoge un Pato Pascual para Pascual, pero él ya no es un niño pequeño y busca otra cosa. Mamá escoge una cochina amarilla para Paloma (además de la diadema); tal vez, me las quedo yo. La cochina y la diadema.

El vampiro y mamá se dan besos. Mamá quiere más besos y, ¡cuaj!, el vampiro la empuja, se echa para atrás y mamá ríe, lo jala, él la empuja otro poquito, me da la mano a mí.

Los labios del vampiro son un guácala, viscosos de caracol gordo, rojo y mojado.

¿Me mandará lejos también a mí? ¿Soy a la que más quieren?

Busco, revuelvo, escarbo. El secreto de Pascual, ¿es cierto? Escarbo, esculco, encuentro folletos y folletos, cientos de folletos en los cajones del vampiro. Visitation Academy of Frederik (¿cómo se pronuncia eso?), Camden Military Academy: "They come here as boys and leave as men" (¿no hay *girls*?), Marine Fork Union: *Positive physical and moral growth* (no se entiende nada), Fishburne Military School: *Professor Fishburne died peacefully at his home* (el muerto al hoyo y el vivo al pollo). Me asomo a la habitación de Toña y me persigno de la frente hasta las rodillas, los dos hombros, todo en cruz gigante. Me deja entrar, Toña, se abrocha la camisa hasta-hasta arriba de su cuello largo y bonito, me persigna la frente. A veces Toña llora chistoso, como niña de mi edad; ¿se imagina que la oigo? ¿Me diría "no lloro" igual que mamá? Mamá odia si pregunto, dice que no y yo simulo que no llora. ¿Será por mi abuelito muerto? A veces Toña y yo rezamos juntas; dice que el viejo (mi abuelo) se aparece por la casa. Ojalá. Toña prende la tele *Trinitron*, vemos elefantes y tigres, vemos gente maquillada y gente peinada como mamá. Gente enjoyada. También vemos gente tetona y gente nalgona. Cuatro letras, dice Toña. Las joyas tan doradas son para las cuatro letras, dice. Quise saber si las de la abuela falsa eran de esas joyas. Shhhh…

—¿Van a mandar lejos a Pascual?

—No sé, niña. A ver, ¿por qué nunca obedeces? Así ya no te va a querer el papá.

—Me regreso a la casa vieja.

—Uy, niña. Esa casa ya no existe.

—¿Los lugares de antes no existen?

—Uno que otro.

—Ahí vivía con mi abuelito muerto y las gatas.

—¿Y para qué iban a volver? Esta casa es más grande.

—¿A ti te gusta aquí?

—A ver niña, vamos a bañarte. Se hace tarde.

¿A Toña no le gustaría vivir con su hija Narda? ¿Y qué fue de las gatas de mi abuelo? ¿Aún existen? No están con tía Berenice y Pascual dice no, ya no existen. ¿Por qué? Ahora visitamos a la abuela, los tíos, primas y primos. Todos nuevos. Todos falsos. Regalan medallas, chocolates, cruces y galletas.

Van a mandarlo lejos, a Pascual. A donde hablan inglés. A donde los folletos.

Tállate, dice Toña. Hay que tallarse o te queda la piel del color de la mía, niña. Tállate, báñate, tállate. Llenamos la tina de espuma, nadie puede mirarme: blanco y más blanco, espuma, vestidos y sombreros de espuma. Imagínate que estás en la tina de la casa vieja, dice Miqui, con tu abuelito muerto, tía Berenice y las gatas. Todos al agua, nadie te mira, ni siquiera el vampiro, él puede mirarte ni siquiera por a través del vidrio, ni por a través de los espejos del techo. Es un truco, dice Miqui.

—Niña, no hables con ese muñeco.

—Es Miqui.

—Es un peluche.

—Cállate, tonta.

—¿Te tallaste, niña?

—¡Vete! Tráeme Chocomilk.

—Que estás de dieta, niña, nos va a regañar tu papá.

Tallo duro. ¡Vete, tonta!, me espía sentada sobre la tapa del escusado. En la casa vieja mamá o tía Berenice me tallaban. Ahora está Toña, Toña hace todo. Enjuágate bien, niña, que el papá se enoja si le llegas cochina. ¡Toñaaaaa!, grita el vampiro, y ella corre y por fin me deja sola; él va a preguntarle ¿cómo me veo? Y ella va a decir bien, don. ¿Se me ve panza? No, don. ¿Estoy flaco o delgado? Flaco, don, muy flaco. ¿Se me ve cara de vampiro? No, don. ¿Huelo a detergentes? No, don. ¿Huelo a membranas peludas? No, don. ¿Me creció el champiñón? ¿Tus calzones te cortan la circulación? ¿Tu culo lo dejas al aire en la noche? Plánchame esta, Toña, y se va a quitar la camisa delante y debajo de los espejos, camisas flotando, lentes de oro, copa y botella, Toña corriendo a planchar blusas y calzones, esconder pelos, kiutips sucios, cremas usadas, revolver Cevalin con Vita-D (los vampiros necesitan mucha vitamina D), dorar mancuernillas, hervir cucharillas y tal vez volver a empezar otra y otra vez, para los siglos de los siglos de los siglos. Y, yo, ¿seguiré acá también?

Las conejas engullen, engullen a las culebras.

Mamá es culebra, Toña es culebra y no quise morderlas tan fuerte, para nada... Solo un poco. Culo, cula, culebra, Toña, no hubieras dicho eso de que Pascual es mal augurio; mamá, ganas no me faltan de morderte, no hubieras dicho eso de que ibas a cerrar mi cuarto con llave y dejarlo abierto, mamá. Apesta. Igual, si me dejaran dormir, no mordería y usaría zapatos. Al jardín le caben miles de animales. Hormigas, arañas, cochinillas, hay. Yo traería gatas de verdad, ellas hacen pipí donde deben, nunca en el calzón. Nunca, nunca en el calzón, dice Miqui. Y es que mi abuelito muerto habla con la boca de Miqui. Muérdele así, dice, por abajo. Abro el Frutsi, se le hace un hoyito bien chico, se chupa la uva y no se cae ni hace un ruido. Pinta mi lengua negropúrpura.

Miqui, ¿cómo es mi papá verdadero? ¿Está vivo?

Sería mejor muerto, dice Pascual. Quiere venir a visitarte, pero no puede por muerto, bien muerto.

Haz como yo, dice: no te muevas, no respires, aprieta fuerte y aguanta, así. Quieta. Como muerta. Por la noche, mientras te muerden, imagina el jardín fantástico ahí, dentro de la tienda de campaña, juntas las dos.

Ahí, podemos llegar hasta abajo, donde la niebla y los girasoles nocturnos nos cubren. Si avanzo hasta el fondo, llego a donde viven miles de liebres, tepezcuintlas, cientos de unicornios con pelos en cascada azul, girasoles, cochinas, culebras. Y a veces yo.

Soy coneja: no respiro, no me muevo.

Dafne: ¿Es cierto que estás en Bolivia con las gatas?

No piensas bien las cosas, mija. Necesitas tranquilizarte, tomas las decisiones de forma abrupta, no piensas.

Ojalá pudieras por lo menos decirme que estás bien. Te quiero.

Guinea: yo también te quiero, ma. estoy bien y las gatas están bien.

Dafne: ¿Por qué no me avisaste que te ibas, Guinea? ¿Qué haces allá? Me preocupa tu salud mental.

Guinea: estoy bien. no tienes que preocuparte.

Dafne: Quería verte en persona para darte la buena noticia, pero como no se va a poder, te lo digo por aquí. Lory habló con Pascual y le confirmó que él manda los correos. A Lory le pareció lógico, ya ves que Pascual escribe artículos y hace entrevistas. Para que estés tranquila.

Ya todo está arreglado.

Guinea: qué es lo que está arreglado según tú?

Con nuestra boca núbil y números de flor,
la grosería. Esperará para encontrarte
como una coincidencia.

Dolores Dorantes

Me canso de obedecer, doy bandazos. Le prendo fuego a lo que alcanzan mis manos, armo una hoguera, pisoteo lo que alcanzan mis pies al tiempo que dejan de hacer efecto los chochos, el alcohol, la comida. La rabia vuelve a la tráquea, a mis extremidades y aprovecho esa furia para salir, de donde sea que me encuentre atrapada, a buscar otra jaula donde digan que soy especial. Esa, mi manera de ser con Valentín, me recordaba a la Guinea de antes. A una Guinea más joven. Cualquier cosa a cambio de un *te quiero, estás bien bonita, qué lista eres*; frases hechas. Quedan tantos restos de esa Guinea universitaria, la que conoció al pendejo ese con el que soñé la noche de Sucre. El profesor Montoya.

¿Por qué La Paz me viene a traer tantos recuerdos? Es el reproche del Choqueyapu, son las rocas como espejos, es la corriente turbia y subterránea que no descansa nunca, que empuja, empuja. Así me aísle del lugar de mis memorias, ellas se me presentan y toman forma aquí, en el cráter.

A Montoya lo conocí en el *parking* de la universidad, yo tenía diecinueve o veinte. Yo lo observaba y sabía que era él porque me dijeron: es pelón y trae un BM rojo. Luego de un rato largo de espiarlo, y como si su escuálido cuerpo pesara toneladas, vi cómo se arrastró lento desde su auto hasta donde quedamos de vernos. Yo lo seguí sin que me viera, hasta que el saludo fue inevitable.

—¿Licenciado Montoya? —dije.

—Sí, el mismo —contestó y noté que sus lentes estaban sucios—. Guillermo Montoya. Imagino que tú eres la alumna con la que hablé el viernes.

—Perdón, no le escucho. —Su voz me sorprendió por lo suave; se deshilaba.

—Dije que hablé contigo el viernes —repitió.

—Guinea. —Le ofrecí la mano—. Asistente de la profesora Ana Clara.

Esa mañana, mientras lo espiaba, Montoya se había estado hurgando un codo en busca de pellejitos que arrancaba para metérselos a la boca. Era muy temprano y seguro creía que nadie lo observaba; a diferencia suya, mantuve las ventanas de mi coche cerradas y la luz rebotaba en los vidrios escondiendo mi presencia. Vi su codo mutilado en el marco de la ventanilla y cómo engullía los pellejos arrancados luego de morderlos con sus dientes delanteros. Daba caladas a un cigarro tras otro ahí mismo, dentro del coche, y a las 7:35 a.m. en punto se bajó. Yo le di un trago a mi termo mágico, café con vodka y azúcar, y me bajé también.

Recuerdo que le ofrecí la mano imaginando con náuseas todas las costritas resguardadas en sus uñas después del ritual de los pellejos. Él se quitó los lentes y los empañó para luego desmancharlos con toda calma, usando una gamuza. Dejé de ofrecer mi mano, me miró de arriba abajo a través de los espejuelos limpios como si yo no pudiera mirarlo de vuelta, como si estuviera colocada en una vitrina para ser observada. Le sacaba una cabeza y aun así me sentí como figurilla de cerámica. Tuve ganas de mentarle la madre y largarme de ahí, pero sonreí; dije algo amable, algo sobre el frío en Cuajimalpa mientras apretaba mi chamarra en un intento de esconderme dentro. La palabra *repugnante* me vino a la mente. No con respecto a algo determinado, sino por la experiencia de estar cerca de ese señor. Vi compañeros de clase cruzar el patio, ¿y si llamo a alguno? No, los dejé pasar y le agradecí a Montoya por estar ahí, puntual, tan temprano; mencioné que algunos profesores invitados no llegan a tiempo, me hacen esperar, que las enchiladas en la cafetería son buenas, el café no tanto, hasta que me quedé con la boca vacía de amabilidades y entonces agregué:

—Lo estuve viendo. Desde que se estacionó en el *parking*.

—¿Hoy?

—Hoy. Llegué desde las 7.

—Me viste desayunar mis Marlboro —dijo en tono de broma, se le enrojeció aún más la piel—. ¿Y por qué llegaste tan temprano, Guinea?

—Siempre. Me pongo al día con lecturas atrasadas.

—Ya veo. Alumna estrella.

Caminé por delante con mis sandalias de diario. Llevas los pies casi desnudos, ¿no te da frío?, preguntó; incluso dándole la espalda, su aliento a cigarro me envolvió y percibí la forma insistente que tenía de observar y la sentí porque toda mi piel se irritaba y mis órganos se encogieron.

El licenciado Montoya es el maestro invitado durante las próximas cinco clases, anuncié delante del salón con un tono de desprecio que el señor no pareció notar. Callé, y Montoya caminó despacio, dejó caer su cuerpecito en la silla de profesores como si viniera de subir una montaña. Muy lento, acomodó unas hojas sobre el escritorio.

Comenzó la clase mirando hacia abajo a la vez que rascaba sus codos semi despellejados. Mientras recitaba, la luz blanca del salón le caldeó la frente. Los demás miraban, tan atentos como yo, las gotas que rebullían y que, poco a poco, empezaron a escurrir.

Luego de cada interminable frase, Montoya dejaba espacio para que escucháramos una o dos de aquellas gotas caer sobre las hojas que tenía enfrente. Clac. Clac, clac. De pronto, una esfera se mantuvo suspendida en su barbilla y otras se le unieron haciéndola más y más grande. Montoya la tomó con la lengua, como una lagartija.

¿Fui horrible por sentir asco? ¿Por decirle que lo vi en el estacionamiento? De pronto, las ronchas de Montoya, los pellejos, la cara abotagada, el sudor y hasta los lentes empañados eran una carga que me tocaba aliviar. Pobrecito.

Cuando acabó la clase, me pidió que le mostrara la universidad. Aquí es la facultad de Derecho, allá Economía, esta es la de Ciencias Políticas y Relaciones Internacionales y allí la cafetería.

—¿Ya desayunaste? Te invito algo —propuso mientras secaba su nuca empapada.

—Tengo examen mañana, perdón —contesté tratando de evitar el olor a cigarro.

—Sé buena, déjame al menos invitarte unas enchiladas, me las antojaste.

—Perdón, no puedo.

—¿Media hora tal vez?

—Como quiera, profesor.

—Háblame de tú, bonita.

Desayunamos mientras me observaba. Yo me quedé quieta, lo dejé mirar y sonreí. Mis piernas brincaban por debajo de la mesa, querían correr, escapar. Le di un trago al termo mágico y mi torso seguía quieto, mis labios aún sonreían.

Cuando Montoya se fue, en lugar de sentirme liberada pensé en la próxima. ¿Cómo decirle que no y, al mismo tiempo, evitar que se enoje si me dijo *bonita*?

Por la tarde, mis amigos Jesús, Paloma y yo nos vimos en el Vips de Insurgentes y Reforma. Para estudiar, aunque es un decir. Quise contarles lo raro que fue Montoya y todo lo que pasó, pero ¿qué pasó? Espiar al tipo en el *parking* en lugar de leer para las clases, darle un tour de la universidad luego de sentirme observada, decirle que sí a su invitación de enchiladas dándole tragos a mi termo. De pronto el problema era yo, carajo. La que se portaba inadecuada era yo.

—¿Estás bien, Guinea? —preguntó Jesús—, te ves ida.

—Odio el café de aquí.

—Ponle la crema de los triangulitos.

—Lo que necesita es vodka, no crema. Oye, pídele a Paloma su bote de Cafiaspirinas —susurré cuando Paloma se fue al baño—. Así me ahorro las calorías.

—¿Con lo flaca que estás?

Al final les conté poco. Me inventé que la profesora Ana Clara me pidió que acompañara a Montoya a desayunar. Fue incómodo, dije, pero no hay de otra, tal vez tenga que volver a ir.

—Pero qué mal —opinó Jesús—, no deberían pedirte esas cosas.

—Ya sé.

—¿Y te cae bien?

—Es insignificante.

—¿No quieres que te acompañemos? —ofreció Paloma—. No nos cuesta nada, aunque yo tendría que salirme de la Ibero.

—Bueno, pero te queda enfrente y tienes coche —dijo Jesús.

—Me daría cosa que se moleste la profe, pero les aviso. Perdón.

Me pregunté si se habrían dado cuenta de la mentira; cuando miento, noto cómo mis ojos evitan mirar los ojos de los demás. Me da miedo que otros también lo noten. Además, si estoy nerviosa, no logro concentrarme ni parar de comer. Ese día, no estudié para lo que tenía que estudiar ni paré de meterme a la boca las papas fritas que Paloma y Jesús ordenaron al centro. Más tarde vomité, le cancelé a Ponchito, mi novio, y no le contesté los mensajes a Paloma, que siempre me dice que me quiere de todas formas, aunque nunca conteste. Y es que solo de ver el teléfono sonar me pongo más nerviosa. Me miré en el espejo y odié lo que vi, me acosté temprano a tratar de no pensar. Extrañaba a Pascual, no había respondido ninguna de mis cartas, no sabía nada de él y quería contarle todo. Cerré los ojos, la dosis de Cafiaspirina fue más de la normal, el corazón se salía a golpes y me quedé dormida muy tarde, sólo a tres horas de tener que levantarme.

El frío me despertó. Había una bata demasiado grande colgada en el baño. Me envolví en ella y salí. Tiras de espejos cubrían las paredes, ¿cuándo las habían mandado poner? La oscuridad y el frío sabían a metal. Mi mamá colgaba cuadros en la sala, porque en ese entonces todavía vivía con ella. Son especiales, dijo, ven a ver.

—¿Por qué especiales, ma?

—Nadie ve lo mismo.

—¿Tú qué ves?

—Niñas jugando.

—No, no juegan, ma... Se esconden atrás de los girasoles.

—¿Te das cuenta? Cada una ve algo diferente.

—¿Por qué?

—Por miedo.

El frío me despertó. Seguía acostada en mi cuarto, la bata colgada en su lugar. Ningún espejo; la pesadilla era un augurio. Decir no, tan sencillo.

Y dije sí. Desayuné con Montoya después de la primera, segunda, tercera y cuarta clase. Mi termo mágico ayudaba y escuchaba las palabras anodinas del tipo anodino que luego insistió en invitarme a comer a un restaurante de "mejor calidad". Estoy muy agotada, dije, no he dormido nada, los exámenes... Él persistió. Sé buena, bonita, me la debes y quiero proponerte algo o por lo menos verte una última vez.

—¿Te satisface trabajar de asistente, Guinea? —me preguntó durante la comida de "mejor calidad": un lugar de pescados y mariscos con meseras en minifalda intentando bajárselas un poquito, al mismo tiempo que cargan charolas repletas de carroña.

—Sí. Me gusta.

—¿Por?

—Pues me gusta. A lo mejor soy muy nerda.

—¿Será que te ponen una estrellita en la frente? Pero no te ves feliz. Algo te pasa.

Guau. Soy buena para fingir, lo tengo claro. Montoya ponía mucha atención en mí. Mucha, y eso me hacía sentir importante. Especial.

—¿Por qué lo dice?

—Guinea... ¿No me vas a hablar de tú?

—¿Por qué lo dices?

—Sabes que mi despacho es el más chingón en lo que hacemos.

—Todos lo saben.

—Ahí yo me preocuparía por ti. De tus inquietudes profesionales. Y personales. Vente a trabajar con nosotros, Guinea. Ya, el lunes.

—Muchas gracias, pero no puedo. Perdón.

—Claro que puedes, hermosa. Ahorita eres nada más una asistente. Brillante, pero estás a nivel secretaria. Digamos las cosas como son.

Me sentí halagada. *Hermosa, brillante,* sus palabras me acariciaban, me abrasaban, me tomaban la mano.

—¿Tienes novio?

—No —contesté sin mirarlo.

Se quedó callado, esperaba. Una mesera se acercó a servirme la tercera copa; le di las gracias tres veces para compensar que Montoya no agradecía nada. A él le sirvió la segunda. Traté de meterme otra lechuga a la boca; no pude.

—¿Usted está casado, tiene novia? —dije a lo tonto, incómoda con el silencio.

—¿Qué dijimos del usted?

—Perdón...

—Divorciado. Me casé con mi primera novia, la de la preparatoria.

—Ah, ¿eran súper jóvenes?

—Sí. Imagínate, ella aún era virgen.

—¿Cuántos años tenían? —pregunté sin pensarlo; no sabía cómo interpretar, si me contaba esto de la "virginidad" por cambiar el tono o porque había una amistad que se formaba.

—Veinticuatro. Los dos teníamos la misma edad.

—Ah, guau. Qué raro.

—¿Raro?

—Ser virgen a los veinticuatro.

—¿Por? Mejor eso a ser una prostituta.

—¿Por qué? —respondí y mis piernas se pusieron a cabalgar por debajo de la mesa.

—¿Por qué qué?

—No veo por qué ser virgen es mejor que ser prostituta —dije convencida gracias al alcohol, aunque con voz temblorosa.

—Bueno, es mejor si te vas a casar con ella. ¿O estoy loco?

—No sé, tú dime —aventé—. Que yo sepa la virginidad ni siquiera existe. ¿O eres de los que todavía cree en los Reyes Magos?

Me sorprendí de mis palabras. A él lo vi tan pero tan choqueado, que me dio lástima. Pobre idiota.

—Ya ni siquiera estoy casado, Guinea —dijo confundido—. Mejor cuéntame, bonita, ¿cómo es que una mujer tan bella como tú es soltera?

Me tomé el vino lo más rápido que pude, traté de pensar en otra cosa, pero las piernas seguían brincando. Si hubieran violado a su novia de adolescente, o de niña, ¿sería menos? ¿No se hubiera casado con ella?

—No quiero tener novio —intenté mirarlo a los ojos, pero pensé en Poncho y no pude, miré al techo—. Prefiero enfocarme en la escuela y el trabajo.

—¿Quieres pedir un postre, hermosa? Casi no comiste.

—No tengo hambre, quiero otra copa de vino.

—Entonces, ¿te vienes a trabajar el lunes al despacho?

—No puedo, no sé.

—Mira, vamos a cenar el viernes y te ofrezco la chamba formalmente —dijo una voz que ya no se deshilaba, una voz más autoritaria; pidió que le retiraran el plato semi lleno y pensé en el horror de ese pobre atún que asfixiaron sólo para alimentar a un tipo como él y encima terminar en la basura.

—Perdón, pero no sé.

—¿Cómo que no sabes?

—Me interesaba más trabajar en una ONG.

Se le descompuso la cara, se le enrojecieron las ronchas. Su cabeza era desproporcionada al cuerpo, una cabeza inflada, abotagada por el alcohol. Si miraba su cara daba la impresión de ser un tipo gordo; pero su cuerpo era escuálido.

—No desperdicies tu talento, ahí no vas a lograr nada, bonita. Siendo tan lista, te convendría aprender de lo estricto de un despacho. Ya luego les regalas tu tiempo a esas viejas ricas y aburridas que se hacen llamar ONG.

—Guau, pues gracias por preocuparte, maestro.

—Además, no se aceptan noes en esta ventanilla —dijo, y me reí como tonta—. Qué bella te ves sonriendo.

Halagada, creí tener poder sobre Montoya cuando era al revés. No quise hacerme mucho del rogar y arriesgarme a perder la oferta. Aunque si aceptara, ¿qué van a pensar mis amigos?

—Hermosa, debo decirte que nadie en su sano juicio rechaza una oferta de mi despacho.

—Ya sé. Cualquiera estaría brincando.

—¿Lo vas a pensar?

—Lo voy a considerar.

—Cenemos el viernes.

El lunes siguiente, la profesora Ana Clara había retomado las clases. Montoya ya no volvería. Por lo menos durante ese semestre.

Para festejar, me fui a desayunar con Jesús, y Paloma nos alcanzó en la cafetería de nuestra universidad. Pedí enchiladas a las que encima les vacié toda la salsa verde y roja. Luego, concha y malteada de chocolate. Me lavé el cuello, las puntas del pelo, la cara y las mangas luego de vomitar en el baño. Me miré al espejo con menos coraje y tomé dos tragos del termo mágico antes de volver a la mesa.

—¿Estás bien, Guinea? —preguntó Paloma con la cara que pone, seria, cuando está preocupada de verdad—. Te ves pálida, ¿no quieres ir a la enfermería?

—No, perdón, estoy perfecta. Es que me levanté muy rápido.

—No te ves bien.

—Te lo prometo.

—Oye, Poncho me estuvo mandando mensajes el viernes —dijo Paloma—. No supe qué decirle porque no contestabas.

—¿Y qué le escribiste?

—Nada.

—¿Cómo nada? La idea era que le dijeras que estábamos juntas.

—No me gusta decir mentiras, ¿qué tal que le contestabas y yo diciéndole que estabas en mi casa?

—Bueno, igual ya quiero cortar.

—¿Quién te entiende, Guinea? Toda la prepa te la pasaste obsesionada con él ¿y ahora lo quieres cortar?

—Ya no es la prepa.

—Bueno, ¿y qué pasó con Montoya? Me dijo Jesús que ya desayunaban diario.

—Ni me lo menciones —dije—, andaba obsesionado.

—¿Y por qué no le decías que no? Era obvio, te tiraba el pedo mal plan.

—Pues por dos razones —contesté, intentando sostenerle la mirada—. Uno, porque la profe me podía regañar, y dos, porque él me daba lástima.

—¿No te ofreció trabajo en su despacho?

—Sí.

—¡Lo sabía! Pinche Guinea, con razón tanto desayuno.

—Oye, no seas así, Paloma. Guinea no la pasó bien. —Jesús, que siempre trataba de balancear las cosas—. Además, Guinea se va a Reintegra conmigo.

—No sé. Tal vez no es lo mejor, lo de la ONG. Quiero entrar a un despacho. Aprender de lo estrictos que son antes de regalar mi tiempo.

—¿En serio, Guinea? —volvió a hablar Jesús ahora sorprendido— ¿Lo estás pensando?, ¿trabajar con Montoya?

—¡Obvio, no! En un despacho, no en *su* despacho. Aparte me invitó a cenar y fue súper incómodo.

—Qué rabo verde el señor. Tiene como treinta y algo, ¿no? —dijo Paloma.

—Sí. Algo así.

—Obvio no cenaste con él.

—No, no fui.

—¿Y ya le contaste a tu novio?

—Apenas lo veo hoy en la tarde. Oigan, aparte Montoya me estuvo marcando como loco. Le tuve que dar mi número por lo de las clases.

—¿Qué? Nos hubieras dicho, Guinea, te hubiéramos acompañado a los desayunos. —Jesús me miraba horrorizado.

—Además, todo el tiempo me decía "hermosa" o "bonita", insistía con que este lunes ya estuviera trabajando para él, que saliéramos a comer juntos y todo.

—No te entiendo, ¿estás loca? —gritó Paloma, ya en verdad enojada—, ¿por qué le aceptabas las invitaciones?

—Les dije. Ana Clara me lo pidió.

Cuando desperté esa mañana en Sucre y Valentín aún dormía, recordé las palabras de la Guinea de entonces, la Guinea a la que aún le da miedo cerrar los ojos. Cerrarlos cuando cogía con Valentín. Cogiendo con cualquiera, cerrarlos a la hora de acostarme en la oscuridad. El rostro del papá nuevo, sereno, púrpura. Daban ganas de cuidarle el sueño, de tan apacible. No creo yo haber tenido nunca un momento así de tranquilo. Así de quieto. Luego, me viene a la mente la jeta de otros. Algunos son hologramas, otros son de carne y hueso, algunos viven en pesadillas, como Montoya agrandándose con la Guinea de antes, con chavas de universidad. Me sentí importante cuando lo único que pasa es que el tipo era incapaz de mantener una relación con una mujer de su edad. O mayor. Me viene a la mente la jeta de Montoya observándome como si yo fuera de cerámica. Observándola a ella, a la otra que ya no soy. Jeta de tipo vacío, jeta abotagada, muecas después de cenar con él aquel viernes, de nuevo ese lugar de carroña y, luego, sentados dentro de su coche, la oscuridad nos envuelve. Montoya acerca sus labios a los míos, su aliento a carne muerta, cadáver, me provoca una arcada. *Hermosa, bonita.* Acaricio su pecho, un cuerpo escuálido, insignificante; el cierre de los *jeans* que le nadan y el cinturón de piel negro, frío. Se oye el metal de la hebilla, yo soy quien la abre. *Hermosa*, vuelve a decir, y yo lo acaricio por dentro del calzón. Gestos desbocados, humedad, sudor, vellos, y yo ¿qué hago ahí en su coche?, ¿estoy enferma, estoy mal de la mente?, ¿por qué acepté ir a cenar si no quería? ¿O es que sí quería? ¿Y por qué pronuncio esas palabras en el auto? Desabróchate, digo. Agacho mi cabeza, abro la boca y me lo meto entero adivinando lo que él quiere, cuando lo que yo hubiera querido es vomitarlo. Y él empuja, gime mientras yo solo quiero escapar, salir corriendo. Pero ya es tarde para mí; yo acepté, yo dije que sí. ¿Pienso que debo acabar el trabajo como niña obediente? ¿Como perra obediente? Semen agrio y amargo en mi garganta. Me quedan las ganas de matar esa imagen, los sonidos, mis palabras, matarlo todo usando un tenedor clavado en su garganta, desangrarlo. O mejor, matar para siempre mi propia imagen.

---------------------------- **Forwarded message** ----------------------------

From: Vampir@ Sonámbul@ <vampirosonámbulo@hotmail.com>

Bcc: ...

Subject: Recuerdo de casa

IP Address: Desconocida

Date: Sat, Dec 03, 2011 at 7:11 AM

El espacio debajo de la almohada es muy especial, niña.

Toña me da una mini cajita con mini mujeres para ponerlas a dormir ahí, debajo de la almohada. Quitapenas, se llaman. Hay que contarles todo, se hacen las dormidas y tragan, tragan y tragan. Al otro día, si pasan cosas feas, se las vuelven a tragar.

Debajo de su almohada, Toña pone un escapulario de la Virgen de Dolores. Las chamacas de mi pueblo duermen con dagas debajo de sus cabezas, así se defienden de los vampiros de allá (dice Toña mientras hierve juguetes). Al vampiro de acá no le gusta que mis muñecos estén sucios y menos que yo ande descalza como animalita. Toña hierve y hierve unicornias y caballas, y si el vampiro juega conmigo, primero me tallo en agua bien caliente. Hay que enjuagarse bien, les digo a Mechita y a Paloma si vienen. Es linda Mechita, dicen los grandes. Paloma y yo la miramos, siempre trae zapatos puestos (menos en la tina) y lleva moños rosas; es rubia y flaca. Nunca la mandarían lejos, el vampiro siempre la mira y mira. ¿Dormirá sin calzones, se meterá en la tina con su papá?

Mechita es tontita: nos acusa a Paloma y a mí y hace que venga la tía Lory a regañarnos; nos regaña por andar descalzas, por probarnos ropa de grandes, por colgarnos colgajos de mamá y por prender la tele en canales prohibidos.

Si mamá juega conmigo, ella es Viento, la unicornia blanca de pelos rosas, y yo soy Flecha, la caballa azul. Pero si el vampiro juega conmigo, él es Flecha porque es azul.

—¿Quieres ser mi amiga?

—Sí.

—¿Quieres comer estrellas de mar?

—Sí.

—Ash, nada más respondes sí, sí, sí, tonto aburrido.

—Mmmm… ¿Quiere usted casarse conmigo, perrita Guinea? —preguntan sus labios viscosos púrpuras, gordos y mojados.

Debajo de la almohada escondo mujeres minis. Cuando estoy furiosa, escondo billetes. Billetes que robo.

—¿Por qué dijiste que me hice pipí?

—¿No te hiciste? ¿No te tuve que limpiar el mangostino?

—No.

—Tons nomás olvídalo, Guinesita.

—Mamá cree que mojé la cama.

—Acuérdate. Pascualito también la mojaba de pequeño.

—No me hice, papá.

—*Acuérdate de Acapulco* —canta el viscoso—, *de aquellas noches, Guinea Bonita, Guinea del alma.*

—Ya, papá.

—*Acuérdate que en la playa, con tus manitas, las estrellitas las enjuagabas…*

—Cállate, tonto.

—No me hables así, que te tallo el hocico con jabón.

—¡Cállate!

—Oye, Guinea. Te compré unos conejos de verdad. Pa'que me perdones.

Los conejos pintados de verdad que trajo el vampiro son niñas. Tres conejas. Viven en el patio de la cocina, van siempre juntas y yo las visito cuando vuelvo de la escuela; les gusta comer tierra, cochinillas, flores, flor y tierra, gusano y lodo igual que cochinas, cochinillas, catarinas… A las muñecas más viejas las entierro en el jardín. Ya es hora de morirse cochinitas sucias, gordas, estúpidas cochinas solas, solitas las cochinas basura, solas se quedan en la basura… Y de noche… De noche van a ver, ñam, ñam, ñam, ¡coman, tontas! Ustedes no engordan, coman porque pueden, coman, traguen, cochinas, ¡traguen, gordas! Mamá escucha y opina que hay que lavarme la boca con jabón. Le digo: yo no me hice pipí. No te preocupes, dice, si se te sale, lo limpia Toña. No me hice, mamá, mi papá entró al cuarto a otra cosa, no entró a limpiarme. ¿A qué entró? No sé. A algo de calzones sin calz*ón*, a jugar su juego. ¿No sería a limpiarte?

Las mujeres minis no sirven, no sirve mamá, Toña no sirve. Con Miqui hablo: tengo ganas de hacerme pipí en cualquier lado por molestar, a veces parece que no sé si será verdad que no me hice, a veces parece que no sé si lo que digo es cierto, si lo que dicen ellos es cierto. En el espejo se ve mi cuerpo o se ve otro más grande. Me veo flaca, gorda, bonita, asquerosa, me huelo rico, feo, a grasa, a podrido.

Y fue cuando jugaba a los insectos que mamá preguntó por el billete.

Toña agarró uno de los de venado, dije. Yo la vi.

No me enojo si dices la verdad, Guinea.

Pero sé que mamá miente. Se enoja y miente.

Yo miento todo el tiempo, todo todo el tiempo. Más todavía si robo. Deja en paz a las cochinillas, grita mamá, *¡no las aplastes!,* no les gusta jugar contigo, quieren ser felices igual que tú.

Odio que defienda a las cochinillas. ¿Y yo?

Men-ti-ro-sa, susurra Pascual, y las aplasto a todas ellas, a las cochinillas. Pascual se dobla y ríe como hiena, se esconde atrás de *Animales de la Selva.* Odio cuando me ignora; no tiene amigos, se pasa el recreo en la biblioteca viendo dibujos o fotos de animales; yo, en los baños. Paloma hace amigas de otro salón, nos vemos fuera del colegio; dentro, somos casi extrañas. ¿A Paloma la despiertan en las noches? ¿A Mechita? Por la madrugada, olor a rosavenus, olor a cisneblanco, verbena, nardo y escudo. Olor a crema de masaje, rosavenus cada madrugada. ¿Paloma sería mi amiga si supiera?

Mamá tenía muchas amigas; ahora todo se lo pregunta al vampiro.

—La maestra volvió a llamar, gordo.

—¿Qué maestra?

—La de Guinea, ¿cuál va a ser? Dice que la niña se queda dormida en clase, encima del pupitre.

—¿Y luego?

—Me preocupa.

—Siempre echando lío, Dafne, imaginándote cosas.

—Qué pesado te pones.

—Ya cálmate, la niña está bien, el que está mal es el otro.

—¿Pascual? Si se saca buenas notas.

—Ya te dije, gorda.

—¿Qué? ¿Que es puto? —Mamá ríe.

—¿Por qué no te traes más vino y me cuentas algo bonito?

Mamá acaba por convencerse de lo que le dice el vampiro y luego dice que ya no lo aguanta; Pascual dice que el vampiro dice que ya no aguanta a mamá, que se va a ir a vivir a uno de sus hoteles. La casa de enfrente a la de los espejos pone "Se Renta". Es una casita verdeblanca mucho menos grande que esta. Imagínate una casa tuya. Tener billetes y billetes para comprarla. Tuya, solo tuya.

Mía, solo mía, mi casa; nadie puede entrar, solo las conejas y unas gatas.

Las conejas... ¡Tenemos que meter a las conejas!

—Nomás ta chispeando, Guinesita.

—Les va a dar frío, papi.

—Nombre, ellos no sienten.

—¿Qué es lo que no sienten?

—Nada.

—Si llueve les da frío, mira cómo tiemblan.

—Los animales no tienen ni frío ni calor.

—No te creo.

—Porque no sabes nada todavía.

—Pero se mojan, papi…

—¿Otra vez sin zapatos, Guinea del alma?

Llevo a las conejas a mi tienda de campaña. Al vampiro no lo quiero ahí nunca; no cabe en la cueva y se mete a veces, pero no cabe y no me gusta y aunque le diga que no, nada más entra a la fuerza con la mitad o un poquito más y no me gusta y pienso ya que me muera de una vez. ¿Las palabras de las otras niñas se escuchan? ¿Son las palabras de ellas como piedras? ¿O como hojas sin peso, transparentes?

Mamá trae a las conejas a casa y me mira.

—¿Y esa cara de fuchi, Guinea?

—No sé.

—Así no vas a hacer amigas, quita esa cara.

La quito.

—¿Tengo que sonreír nada más para la gente o también sola?

—Sonríe siempre. Así no se te olvida.

Hay que estar contenta. Hay que sonreír. Sonríe. Guinea, sonríe, Guinea, Guinea, sonríe, sonríe, Guinea.

—Haz la lista de las cosas que quieres que pasen, y van a pasar Guinea.

Voy a mi habitación. ¿El letrero de "Se Renta" seguirá en la casa de enfrente? Martillazos toda la noche, construyen, no dejan dormir. Miqui: come. Cochinos: coman. Unicornias, coman, traguen, ¡cerdos, engorden!, a lavar, limpiar, ser flaca, laca, calaca muerta y flaca es la lista de cosas que quiero que pasen. Mamá dice que puedes planear los pasos necesarios para que sucedan. Si quieres tener amigas, sonríe, habla, haz chistes. Si quieres que alguien se muera, pídele a Dios (digo yo).

Mi lista:

Tener amigas o amigos y que A. no robe mi Peperami

Que en vez de Peperami me pongan conejos de chocolate de lonch

Que I. sea mi amigo (es hijo de la maestra y quiero ir a su casa)

Ser chistosa y que mi cola no huela a nada nunca

Encontrarme dinero para la tiendita

No bañarme con alguien

Que los martillazos despierten a mamá

Que se muera el vampiro

Ser flaca

El vampiro se sirve una copa y se baña en la tina, tarda horas y horas, lo que dura una película. Ay, cómo tarda, arde, me arde, y cuando mamá no está, me baña en la tina con él. *Sé buena, aprende a bañarte bien, Guinesita, sé buena, tállate suave y más, aprende a estar muy limpia siempre, usar zapatos o pantuflas siempre, como la gente, sé buena, no te muevas, estate quieta, así.* Se talla sus pies y mis pies, orejas, deditos, dentro del ombligo. Uuuuh... Para cada uña, un palito. Para cada oreja, un palito. Ruidos desde el baño. Desde la habitación oscura, otros ruidos.

Se hace tarde. Detesto que llegue la hora de dormir. Pero siempre llega.

Y a la madrugada, cuando él entra a mi cuarto dice: soy sonámbulo.

Aunque se oiga el martillo, mamá no despierta.

A la mañana, el vampiro a veces dice (con palabras de roca): Guinesita pidió que le cuente un cuento.

Pascual: Hola, Guinea. ¿Ya sabes que hablé con Dafne y con todos? Escríbeme porfa.

Puedo entender que estés enojada, ofendida, que no quieras saber nada de mí por todo el tiempo que no respondí ninguna de tus cartas. Cartas de adolescente. Pero ya supéralo, ya no somos unos pubertos.

Guinea: "ya supéralo"? es en serio? Yo era tu hermana pequeña y no te importó. yo soy más chica que tú y me abandonaste,

Pascual: Sí, ya sé que eres más joven. Cuando tengas ochenta años vas a seguir siendo más chica que yo, pero eso no significa que vayas a estar joven.

Guinea: eso qué quiere decir????

Pascual: Pues que ya no estás chiquita, Guinea. Yo no te debo nada, eres una adulta.

---------------------------- **Forwarded message** ----------------------------
From: Vampir@ Sonámbul@ <vampirosonámbulo@hotmail.com>
Bcc: ...
Subject: Recuerdos de casa
IP Address: Desconocida
Date: Sun, Ap 01, 2012 at 8:51 AM

El día de mí cumpleaños, mamá me llevó a desayunar a Bondi. Pedí todo lo que quise, enchiladas suizas, concha de chocolate, vainilla, jugo y malteada.

Guinea, vas a tener un hermanito, dijo. O hermanita. Aún no sabemos qué. Pregunté si ese era mi regalo de cumpleaños y si podía pedir algo distinto. Mamá no respondió y yo no estaba segura de si era buena idea preguntar de nuevo (miraba su libro con esa cara que pone cuando no quiere que la interrumpan). Me concentré en las enchiladas y en no ensuciarme el vestido blanco. Ya no soy una niña pequeña.

Con Pascual tenía bastante, no me interesaba otro hermano. Si me dieran a escoger pediría un cerdo o cerda de verdad y volver a la casa vieja. Casi todas las niñas de la escuela se pelean con sus hermanos. Toca compartir ropa y juguetes, a Paloma la molesta su hermano grande, se burla de su ropa, no contesta si le habla, le quita la liga del pelo y la imita cuando pronuncia mal.

Además, está el problema del vampiro.

Mamá pidió la cuenta cuando yo apenas iba a probar mis panes. Póngaselos para llevar a la cumpleañera. Se llevaron las dos conchas y en ese momento caí. El vampiro se había mudado a uno de sus hoteles, dormía casi todas las noches allá. ¿Qué iba a pasar ahora? ¿Volvería a la casa de los espejos por culpa de lo del hermano nuevo?

—Y ese hermanito nuevo ¿es realmente mi hermanito?

—¿Por qué no iba a serlo?

—Pues… ¿Es tu hijo y de mi papá verdadero?

—Ay, Guinea, ¿cómo va a ser de tu papá verdadero? ¡Las conchas, señorita!

La mesera ni volteó. Oiga, si no quiere que paguemos pues no pagamos, dijo a gritos mamá y el chongo se le deshizo. La B de Bondi se parece al número ocho, mi edad. El papá de mi hermanito era el vampiro, ¿cierto? Y mi hermanito (o hermanita) iba a ser también hermano de Pascual. ¿Eso nos convertía en verdaderos hermanos a los tres? Guau, sería lindo. Pero ¿eso convertía a la abuela falsa en mi abuela de verdad?

—Guinea. No se lo cuentes a nadie todavía —dijo mamá con la cabeza escondida detrás de las páginas—. Es un secreto.

—¿Ni a Pascual?

—¡Las conchas, señorita!

Llegando a casa, se lo conté todo a Pascual. Esta vez no le dio ataque de risa y juró no repetirlo ni en el colegio. Le creí, aunque siempre que exagera con jurar y prometer hace todo lo contrario. Luego, hicimos la lista de cosas que no queremos que pasen:

Que el vampiro regrese a dormir a la casa todas las noches

Que el vampiro siga vivo mucho tiempo (ya es viejo)

Que vengan Mechita y la tía Lory hoy

Que venga la abuela falsa
Ir a Acapulco con el vampiro
Comer nopal y betabel

Por la tarde ya me estaban buscando. Guineaaaaaa, gritaba mamá; niñaaaaaaa, gritaba Toña, ven niña, llegaron la niña Mechita y la señora Lory.

Mechita se apellida como su papá verdadero. Aparece en los retratos de la casa de la abuela falsa con moños rosas y grandes. En cambio, Pascual y yo tenemos ropa azul marino, y yo aún no aparezco en ningún retrato. Bah.

Me decepcionó ver que Mechita llevaba en las manos unos chocolates Arnoldi (hubiera preferido un moño rosa como el suyo). Ese era mi regalo y quién sabe si me dejarían comerlos por eso de la dieta.

—Feliz cumpleaños, prima —dijo, entregándome los chocolates. Sentí bonito cuando me llamó prima, aunque fuéramos primas falsas.

Nos sentamos en la sala. La abuela había mandado una caja con una virgencita, un ángel, un arcángel, un Cristo crucificado y figuritas de niños y ninfas de porcelana dentro, de esas que compra en Guadalajara y parecen ciegas, sin ojos. Todas para mí. Tita gordita, tontita y marchita. La caja olía a *Anaís, Anaís*. ¡Cuaj!

Toña trajo vasos, mango con chile (mi favorito), agua de limón, pastel de chocolate y velas. Pascual tardó en unirse, mamá tuvo que gritarle antes de que entrara azotando la puerta (aunque yo sabía que estaba escondido detrás de ella). No saludó a nadie, ni nadie lo saludó a él; se puso a leer *Animales de la Selva*.

—¿Voy a poder comer pastel de chocolate, mamá? —pregunté.

—¡Claro que sí! Es tu cumpleaños, mi vida.

—¿Y por qué no iba a poder? —preguntó la tía Lory, que ese día realmente parecía una barbie, toda de rosa.

—Porque tu hermano la puso a dieta —contestó mamá, toda de azul marino.

—¡Mi hermano está enfermo! —gritó Lory—, no deberías permitir eso, Dafne, la niña está perfecta. El único que tiene que hacer dieta aquí es Pascual.

—Pues sí, pero me da pena con él. Está bien que a los dos niños les controlemos los postres.

—Ya viene tu primera comunión, Guinea —siguió la tía Lory—, ¿qué se siente?

—Nada —respondí. ¿Pues qué iba a sentir?

—Óyeme, Guinea, así no se contesta —se enojó mamá—, pide disculpas. Ahora. Y sonríele a tu tía.

—Perdón, Lory.

—Pues deberías sentir muchas cosas, Guinea. Vas a recibir a Cristo dentro de ti —dijo y se persignó.

Cuántas ganas de pegarles en sus ojos. A las dos. De ahogarles la boca. Pascual cerró su libro *Animales de la Selva*, se echó a reír, pero ni pío dijo; parecía tonto, como dice el vampiro. Luego, los dos volteamos a mirar el reloj de pared de la sala, las manecillas lentas, lentas. ¿Pensó en el juego del vampiro igual que yo? Seguro pensó en morirse. Nadie le preguntó nada, pero tenía la cara que aprendimos a hacer: sonreía.

Cantamos las mañanitas, comimos pastel y después me inventé que iba al baño. Al poco rato, mamá trajo a Mechita a mi cuarto. Yo no quería enseñarle mis cosas a Mechita; desde que Paloma tiene otras nuevas mejores amigas, ya no viene tanto y no tengo ganas de jugar con nadie. Igual, Mechita se metió al jardín de mi tienda sin permiso.

—Imagínate —le dije—, si no salimos en siglos y siglos de este jardín fantástico…, todo lo que es, no sería.

—Esto no es un jardín, burra. Esto es una tienda de campaña. Y para niñas chicas igual que tu muñeco horrible.

—Ahora estamos en la cueva, estúpida, y esto es una coneja —contesté—. Aquí te vas a quedar siglos y nuestras mamás van a estar muertas.

Mechita trató de salir, pero yo la jalé de sus pelos amarillos. Los tienc casi siempre amarrados en una coleta con su moño enorme, igual que su mamá. Pensé me va a acusar, se va a poner a llorar, pero empezó a reírse. Me reí también yo.

—Mi mamá tiene razón —dijo—. Eres rara.

—¿Por?

—Te crees conejo y siempre estás descalza como las niñas más pequeñas, y otras veces hablas como niña grande.

La *barbie* Lory nunca deja que Mechita pase la noche en mi casa. Para nada. Aunque a mí si me dejan dormir en la suya toda la noche y me encanta.

A lo mejor sí soy rara, ¿eso es malo?

A partir de mi cumpleaños, el vampiro volvió a dormir en la casa de los espejos todas las noches. Mamá se veía contenta (al principio, porque lo único que de verdad quería era que alguien se ocupara de la casa para poder ocuparse de su panza), pero todo empeoró cuando el vampiro volvió a ser un vampiro común y corriente y los demás volvimos a pretender que era normal vivir con uno y tener a una abuela falsa (como si no fuera una vampira también).

Mamá empezó a darle las mismas órdenes de antes a Toña, órdenes que Toña nunca cumple. No le lleves al señor cosas a la cama, Toña, córrele las cortinas al señor, Toña, que no se quede en la penumbra, Toña, pon girasoles y flores bien olorosas, abre ventanas y ventila ese cuarto, Toña, no lleves más botellas a la cama, dile al señor que se ponga calzones, por dios, ¡Toña!

Pero Toña siempre le hace caso al vampiro. Igual, el vampiro no se levanta, no deja entrar la luz si no es de luna y tampoco quiere dejar salir a mamá.

—¿A qué vas, Dafne?

—A la revista.

—A que te vean las nalgas.

—No empieces. Cuando nos casamos dijiste que podía seguir escribiendo, cielo.

—Por los tres ches pesos que te pagan… Y embarazada.

—No seas vulgar, por favor.

—Yo pago todo, yo quiero ese tiempo para mí.

Cuando regreso de la escuela, yo lo espío al vampiro. A veces con Pascual. Se queda viendo el techo, los espejos del techo, porque le gusta más todo lo cambiado que todo lo verdadero. Como su panza. Querría ser flaco este vampiro; antes yo buscaba las llaves de su cuarto oscuro, se las sacaba de la bolsa del pantalón lila o de su camiseta púrpura de dormir y las escondía. Solo una vez me metí al cuarto oscuro cuando ya iba a ser su hora. Dentro hay una cama cubierta de una cobija con girasoles; por el cobertor tan largo, no se dio cuenta de que yo estaba debajo. Él traía una banda vibradora rodeando su panzota. Había dos teles prendidas, yo lo miraba a él y él se miraba en los espejos. Caminaba viendo hacia atrás; la ropa flotaba en los reflejos. Apretó sus pompas con dos manos hablando cosas que no entendí. Ni en la tele he visto dientes tan blancos, largos y perfectos. Bonitos. Acomodó cajitas con kiutips, se pasó la lengua encima y por sus labios rojísimos de gordo viscoso, peinó sus pelos negros hacia atrás cantando la de *cuando calienta el sol* a la Luis Miguel. Se decía *Mi Rey* al espejo, *mi Michelangelo,* peinando los muchos pelos de su pecho hacia abajo, negros en la cabeza, grises en el pecho;

probó camisa tras camisa tras camisa que Toña dejó planchadas para él y él dejó arrugadas para Toña, todas blancas, todas iguales, aburridas, y cantaba… *Acuérdate de Acapulco, Guinea Bonita, Guinea del Alma*. Hablaba por teléfono de cosas aburridas y de cosas importantes. Se lo tenía que contar a Pascual.

Esperé sin hacer ruido, me aguanté todas las risas por los pedos (es pedorro) y el miedo. No me moví. Cuando salió, yo también salí, pero antes busqué por los cajones. Ahí no había cruces ni vírgenes ni angelitos y angelitas de las que pone en todas partes; ahí había botellas de vino, floreros transparentes llenos de corchos, latas de caracoles franceses muertos, de carne al vacío y jabones de flor o en forma de concha, conchas verdaderas y rollos de papel de baño, cientos. No había retratos de personas más feas en la realidad ni champú Grisi, pero sí fotos de niños y niñas, camisas, frascos Valium y palitos kiutips. Igual galletas, frascos de Nutella, dinero, dibujos de niños y niñas en color y blanco y negro. Unos jabones de cisne con cara de contentos. Otros, con cara de tristes o enojados.

Encontré lo que buscaba. Folletos nuevos, señales de lo que venía: Harlem Valley Psychiatric Center, New York. Trans-Allegheny Lunatic Asylum. Ufff. Agarré solo uno. Lo escondí en mi manga y luego lo puse en mi cuarto entre las fotos de antes con mi abuelito muerto, mamá, tía Berenice y las gatas. Papás falsos o verdaderos no salen en esas fotos. Las once gatas de tía Berenice eran un poco mías también. Traté de enseñarles a decir mi nombre, digan Gui-ne-a. No es difícil, Gui-ne-a. Y el nombre de mi coneja pintada. Mi-qui, Mi-qui.

No sé si aprendieron.

—Pascual, ¿los gatos pueden aprender a hablar como los pericos?

—No.

—Pascual, ¿los vampiros chupan sangre?

—No. Chupan luz.

—Muerden el cuello y te quitan la sangre.

—No seas babosa, Guinea.

—Entonces, dime.

—No. Es secreto.

—Bueno. Igual no me interesa.

—Hay más de un tipo de vampiro.

—El de sangre y… ¿el de luz?

—Tal vez —contesta Pascual.

—¿Y qué es esa luz? Dime.

—Esa luz es tu fuerza. Te cansan.

—¿Y luego?

Y entonces pienso. Mamá siempre está a dieta y cansada. Yo, siempre cansada y a dieta. Párale a los conejitos, Guinesita. Párale a la leche, Guinesita. Párale al pan.

Y pienso. Al vampiro le gusta controlar el peso y el sueño (dijo Pascual y en eso no exagera); y es que antes siempre dormíamos juntas mamá y yo, en la casa vieja. Siempre con pijama de pantalón y calzones. No grites, Guinea, no comas en la cama, Guinea, no andes descalza si vas al baño, Guinea, no patalees, Guinea. Ahora el vampiro la regaña a ella. ¿No le dijiste a Toña que limpie mi buró?, Dafne, no echaste a hervir los lentes dorados, Dafne, si llevas al niño a la flauta se va a hacer puto, Dafne, educa a tu hija, Dafne, si sigues comiendo te va a quedar apretada esa falda, Dafne, no limpiaron la manija del baño, Dafne, si le das un dulce más a ese niño va a explorar, Dafne, tu hija mojó los calzones, Dafne, palabras de piedra que todas creen, mentiroso. Vampiro rojolila, labios viscosos caracol, caracol, que hay que dormir sin pantalón, con camisón, sin calzón y jugar al juego que nadie ve. Hay que estar quieta.

No usa mucho pantalón, él, le gusta que se le vea su champiñón.

—¿Ya me vas a decir, Guinea?

—Bueno. Pero no entendí todo.

—¿Por qué?

—Por dos razones.

—Repite lo que oíste.

—A ver… Lo que me acuerdo… "No es un niño normal".

—¿Hablaba de mí?

—Sí, pues de quien más. Dijo tu nombre.

—¿Dijo "Pascual"?

—Sí… Tu nombre.

—¿Con quién hablaba?

—No sé, decía "míster" y dijo "Le interrumpimos el ciclo escolar, no importa".

—¿Y luego?

—No me acuerdo…

—¡Acuérdate!

—¡No me grites!

—Habla.

—Dijo que mamá ya no te quiere aquí, pero eso es mentira.

Le conté de los folletos. Y cómo el vampiro les gritó a los espejos, cómo se moldeaba las uñas y pellizcaba y cacheteaba sus cachetes, cómo sus ojos no veían su reflejo y yo me vi detrás de él.

Pascual: Hola. ¿Sigues enojada? Solo escribo porque supe que te mandaste correos con Leo, el "semi-vampiro". Me dijo. ¿Lo vas a conocer en persona?

Pascual: Vale la pena que se vean en persona. A mí me tomó tiempo ganarme su confianza.

Pascual: Otra cosa que quiero que sepas. Dafne hasta me invitó a México.

Pascual: Te había dicho que no pensaba regresar ni de visita. Pero ahora estoy pensándolo y no tiene sentido si tú no estás ahí.

Guinea: Estoy viviendo en Bolivia.

Pascual: Guinea. Hola. Gracias por contestar.

Pascual: ¿Entonces no quedaste con Leo? ¿O piensas visitarlo en México?

Pascual: ¿Sabes lo violento que es esto? ¿Me vas a hacer la ley del hielo a nuestra edad?

Guinea: qué esperas que te diga, o qué quieres decirme?

Pascual: Perdón que mencione a mi papá, pero tienes que saber una cosa. Se volvió a casar y hay una niña nueva.

Pascual: Ya perdí la cuenta, pero debe ser la quinta esposa. La niña tiene siete y vive con él. En la casa de los espejos.

Pascual: No le he dicho nada a la esposa nueva. No me atrevo.

Pascual: Te lo digo para que lo sepas. No para que hagas algo.

Pascual: Tu hermano, Pascual.

Es inútil el batir del ala inútil:
Estaré con vosotros hasta el mismo final.

Anna Ajmátova

¿Alguna vez te preguntaste si algo que no fue culpa tuya, lo fue?

¿Qué cosa?

No sé. De niño ¿te preguntabas si las cosas que te pasaban eran tu culpa?, ¿por algo malo que había en ti?

Uy, no me acuerdo, amor. Mis padres se peleaban todo el tiempo por pura huevada y uno de mis hermanos decía que nosotros los provocábamos. Que se joda.

Pascual quiere que viaje a México a resolver un asunto que tiene que ver con su papá.

¿No has dicho que no hablas con tu hermano?

No, no me hablo con él. Él habla conmigo.

Me vino a la mente una carta de Pascual. La única que me envió en respuesta a alguna de las tantas que yo le escribí. Y como cascada, me cayeron los recuerdos de la Procuraduría General de Justicia, mejor llamada Búnker. Desde afuera, el Búnker me había hecho pensar en un enorme hocico devorador de imbéciles. Siempre los mismos grafitis; frases a lo Walter Mercado, pero que, en vez de inspirar, intentan hacer desistir: *No se puede ser fuerte con quien es tu debilidad*; *Ya nadie te recuerda, ya todos te olvidaron*; *¿Qué harías si no tuvieras miedo?*; *No lo hagas, vivir es seguir, no recordar*, blablablá. Le conté a Valentín sobre aquella ocasión en ese lugar, le conté de la denuncia que habíamos presentado con Dafne hacía ocho años y que la segunda vez que había estado en el Búnker me pasó por la cabeza la idea de largarme, desistir, dejar el asunto por la paz. Pero mi mirada se cruzó con la de un viene-viene que sonreía con la boca torcida. Su rostro chueco me gustó, lo tomé como un buen augurio y le di un trago a mi termo mágico para armarme de valor; no sirve de nada estar lúcida al cien en momentos así de culeros.

Te encanta encontrar supuestas señales en las cosas más intrascendentes, amor, y eso es adorable, dijo Valentín. ¿Por qué pensarías que la sonrisa de un cuidador de autos es un augurio o tiene algo que ver con una denuncia?

El mundo está atascado de señales. De avisos, todo el tiempo. Que no los veamos, es otra cosa. Yo me perdí de varios; sabía que el abogado era un pendejo y no me hice caso. Recuerdo perfecto su vocecita ese día afuera del Búnker, *¿pasamos, chica?* Me sonó como de otro planeta, un planeta de imbéciles. En ese momento, yo trataba de repasar cada gesto, cerradura, mirada, puerta, timbre de voz, todo lo que me había llevado a estar ahí. Señales de violador. ¿Existen? Igual, los recuerdos se borran o tergiversan. Al cruzar los portones de ese lugar, me golpeó el mismo olor a sucio y comida de la visita anterior al Búnker. ¿Largarme?, una bocanada de aire y olvidarme de todo, como si el olvido fuera discrecional. Y tal vez sea eso lo que sentimos todas las sombras que entramos ahí. Es ese el impulso esperado, huir. Pero no a todas nos ahuyentan tan fácil; tuve todas las ganas de que Pascual estuviera ahí conmigo, hacerme parecer fuerte, diciéndome *pégate en la cara para que se te quiten las ganas de llorar*. Recuerdo que miré el espacio saturado de cámaras viejas, descompuestas, forradas de polvo. La vez anterior, es decir, mi primera vez en el Búnker, no las había notado; los nervios de la revisión médica, la declaración preliminar, la presencia de Dafne. Esa segunda vez, tocaba entrevista y peritaje psicológico, "corroborar algunos puntos de los hechos declarados"; tenía miedo de contradecirme.

Ya hemos llegado a mi casa, dice Valentín; adentro me sigues contando del Búnker ese. Entramos y me hace espacio en su sillón verde atiborrado de ropa, libros y botellas. Sirve dos Paceñas y antes de que pueda continuar con mi relato, me jala del brazo y trata de abrazarme. Dice que *sabe lo que he querido decir* con mi pregunta sobre la culpa; has querido decir que dudas si tu violador dio alguna pista, alguna señal de lo que te haría después. Y, si entonces, todo fue culpa de vos por no haberlo evitado. Pero es el mismo rollo de las señales que te obsesiona, ¿no ve?

Su abrazo me da rabia. Lo empujo. No necesito de tu lástima, carajo, eso guárdaselo a tu novia. Valentín se levanta y responde que no está ahí para que yo me desquite con él; patea la mesita de la sala, botellas caen al suelo. Yo empiezo a recogerlas, me las arrebata. Vienes a mi casa a pasar el rato, no a limpiar. Si no tuvieras esto hecho un basurero, no tendría que limpiar, reviro, y me lo quedo mirando furiosa, de pie, en medio de la estancia.

Quiero salir corriendo, pero ¿a dónde? Esto es la soledad.

¿Qué huevada, Guinea? No te entiendo, me faltas al respeto, has mencionado a mi ñata cuando no viene al caso, no sé ni lo que esperas de mí, ¿te pone que te cuente de ella?, ¿es eso?, ¿o quieres que todo se joda?

Yo tampoco entiendo y por fin salgo de su departamento. Azoto la puerta y bajo las escaleras corriendo. Afuera, el sol frío de La Paz me deslumbra; espero unos minutos con la esperanza de que venga a buscarme. No viene y tomo camino.

El aire es fresco y límpido. El Illimani mira, juzga. Ahí está inmutable viéndolo todo, siglo tras siglo. Y él brilla de tan blanco, deslumbra y me hace bajar la mirada en una reverencia involuntaria. Su inmensidad y belleza contrastan con mis ganas de ver sangrar. ¿Por qué le confiaba a Valentín tantas cosas? ¿Por su manera de interrogarme, de entrecerrar esos enormes ojos suyos, ojos que en instantes pasaban de cálidos a terribles? Maldito, carajo. Ni siquiera pude terminar de contarle sobre el Búnker. Me emputaba un detalle que me había dicho al final de la conversación, una frase que aventó en reacción a mi enojo, una frase que me recordó aquella única carta de Pascual. No voy a comprarme tu postal de víctima, Guinea, ni las mentiras con que vos has manipulado a la gente que te rodea, ¿entiendes?

Decir la verdad me cuesta, pero esa vez no mentí. Las personas que se dedican a extorsionar gente y a tomar declaraciones son profesionales en cachar mentiras como moscas que zumban; y decir la verdad es el pacto que yo hice para obtener justicia cuando me decidí a ir al Búnker. ¿Cuál era la verdad? Prozac. Topiramato. Tequila. Mucho tequila en la sangre. *Jeans*, blusa blanca, brasier negro. Toda esa ropa la tiré a la basura la mañana siguiente. Me daba asco.

—¿Por qué la tiraste? —me preguntó el mismo agente la segunda vez en el Búnker.

—No sé, no quería volverla a usar. Se lo expliqué antes.

—Dices que estudias derecho, Guinea.

—Quinto semestre.

—¿Y no pensaste que podría servir de evidencia?

—No pensé en nada. Perdón.

Después de tirar la ropa, la mañana siguiente a la violación le escribí a Pascual contándole todo y después me junté con Paloma y con Jesús. Desesperada por hablar con alguien, les pedí que nos viéramos en un café. ¿Me violaron o no me violaron?, ustedes díganme. Incapaz de contestarme sola, quería que ellos respondieran y que la respuesta fuera no. Repasamos detalles buscando una señal de que yo lo había invitado a subírseme encima, aunque fuera dormida, aunque fuera inconsciente de alcohol. Hablé también con un ginecólogo, con mi exnovio Poncho con quien terminé esa misma semana, con mi mamá. Intenté todo para no hacer un pedo.

—Esa mañana traté de convencerme de que no fue violación —le dije al agente en el Búnker—, tal vez por eso tiré la ropa.

—¿Y luego cambiaste de parecer?

—Acepté la verdad.

—A ver, cuéntame otra vez cómo se te subió encima.

Al agente que me atendía en la Procuraduría General de Justicia le decían *Catrina*. Sus preguntas eran las mismas, una y otra vez, buscando una trampa, cansarme, llevarme a desistir.

—Ya se lo conté, no me acuerdo. Estaba inconsciente.

—Dices que no estudian en la misma universidad ni fueron al mismo colegio.

—¿Quiénes?

—El agresor y tú.

—Eso también se lo respondí ayer.

—Otra vez, porfa.

—Él es de la Anáhuac. Estudió la prepa en el Albatros.

—¿Y la chica que te lo presentó?

—Ya se lo conté.

—Vuélvemelo a contar.

El idiota abogado que contrató Dafne debió prevenirme. La Catrina era un patán de mierda, por varias razones. El reloj de oro, las camisas demasiado blancas, el cuerpo alargado y sus pómulos brillantes de tanto exfoliante dejaban claro que su prioridad no era sacar el caso adelante, sino ver quién daba más. Más mordida. ¿Mis respuestas hacían alguna diferencia?

—Como le dije, fue la hermana mayor de una compañera del Lyceo la que me presentó a José.

—¿Cómo se llama ella?

—Ya se lo dije. Isabel López P.

—¿Te lo presentó solamente a ti?

—No.

—¿Dónde fue?

—En un boliche frente al parque España. Isabel ya estaba ahí con José y otros de la Anáhuac.

—¿Por qué decidiste hablar con el agresor y no con otro muchacho o muchacha?

—No sé.

—¿No me habías dicho que tenías novio?

—Sí.

—¿Y te presentaban a otros hombres?

—A veces.

—Ok. ¿Eso no te llevó a pensar que los demás podían creer que estabas abierta a que pasara algo?

—No.

—¿El agresor te atraía?

—No. —Traté de disimular una arcada. Hubiera querido vomitarle encima. Volteé a ambos lados: los agentes de los escritorios contiguos trabajaban ahuevonados sin ponernos atención. Me habría encantado vomitarle sus palabras viscosas a la Catrina, salpicarle los zapatitos recién boleados y la camisa Cloralex; y es que, cuando me enojo, siempre pienso en vómitos y en vomitar.

—Entonces el agresor no es tu tipo.

—No, no es mi tipo. —Apreté los dientes asegurándome de que nadie nos escuchaba—. Ya se lo dije. José me dio mala vibra, pero no me hice caso.

—¿Mala vibra?

—Era una señal de que no debía acercarme, pero no me hice caso, carajo.

—¿Estás molesta, Guinea?

—No.

—¿Necesitas un receso?

—No. Perdón.

—Tomemos un receso de quince minutos.

Volteé mi silla hacia el pasillo y otros escritorios. Algunos de los funcionarios que trabajaban en el Búnker comían garnachas o fruta en Salsa Valentina. Las paredes, tal vez blancas en el pasado, ahora eran de color indefinido. La mugre las pinta. No quise ni salir a buscar al abogado, que además se las arreglaba para desaparecer cuando su presencia hubiera sido útil.

Una mujer que ya había visto desde la visita anterior sacó de un bolsón comida preparada para sus hijas, dos adolescentes ojerosas que apenas probaron el guisado. La madre se levantó a preguntar si le prestaban el microondas que estaba desocupado y, guau, la Catrina dijo que no. De regreso, la mujer me saludó y ofreció de su guisado frío. Todo ocurría debajo de un letrero percudido con la inscripción: "Atención de delitos sexuales: sede Búnker". Me puso mal. Otra premonición, ya no a la Walter Mercado, sino más real. Bebí de mi termo mágico tratando de calcular que fuera muy poquito. ¿Mi destino era estar atrapada en un enorme universo de moteles de espejos en techo, suelo, paredes? Donde los delitos sexuales se repetirían uno tras otro, tras otro, siempre iguales, sin que nada pase.

—Ya podemos continuar. —Oí a la Catrina chupándose dos dedos luego de cuarenta minutos.

—Estoy cansada. —Miré esos dedos brillantes de saliva, recordé su insistencia con la misma maldita pregunta: ¿no te gustaba tu agresor?

—Todavía hay huecos en la historia que cuentas, Guinea. Ah, y falta la entrevista con la psicóloga.

—¿Qué huecos?

El tipo acomodó papeles, plumas y fólders con esos dedos recién lamidos; fue por una taza de café recalentado en el microondas que no prestó y tomó una llamada o dos. Después, de la nada, me preguntó:

—¿Esa noche bebiste?

—Sí.

—Hoy hueles, de hecho. —No dije nada—. También estabas consumiendo pastillas, ¿no?

—Que me mandó mi psiquiatra.

—Y esas pastillas, ¿qué efecto tienen?, ¿no te hacen ver cosas ni nada así?

—No.

—¿Por qué vas al loquero?

—Por dos razones: depresión y ansiedad.

—A ver, háblame de Isabel López P. Solicitaste que la llamáramos como testigo.

—Testiga. Pues sí. Podría declarar sobre lo que vio.

—¿Y qué vio?

—Me vio llegar a la fiesta. Vio que pedí usar el cuarto de José. Que él cerró la puerta con seguro.

—Puede ser.

—¿Sabe? Isabel López P. es conocida mía desde los *Scouts*.

—¿Cuáles *Scouts*?

—A los que iba en la Parroquia Francesa. Fui desde niña y hasta que cumplí catorce.

—Pero ella es de la edad de tu agresor, ¿no? Mayor que tú.

—Sí, ella era una de las líderes y ahí la veía todos los sábados. También íbamos a los mismos campamentos.

—¿Por qué fuiste a la fiesta de tu agresor?

—Como dije la vez pasada, esa noche pensaba salir al Bulldog con amigos, con Paloma y Jesús, y otros de la universidad. Llegué demasiado tarde a casa del cuate que me gustaba, donde quedamos de vernos. Su casa era en la Condesa, ya se habían ido al antro. En lugar de alcanzarlos en el Bulldog, fui a lo de José.

—A ver, a ver, ¿cómo que llegaste tarde a la casa del que te gustaba? ¿Y tu novio?

—No nos vimos ese día.

—¿Con cuántos tipos sales al mismo tiempo, niña?

—No sé. A veces con uno, a veces dos.

—No estoy entendiendo. Si tu agresor no te gustaba ni era tu amigo, ¿a qué fuiste?

—Lo acabo de explicar. Quedaba cerca, en la Condesa. En la calle de Zamora.

—¿Por qué no mejor alcanzar a tus amigos y al tipo que te gustaba en el Bulldog? ¿Preferiste llegar sola a una fiesta de desconocidos?

—Conocía a Isabel. Pero de todas maneras iba ansiosa. Incómoda. Hasta quise bajarme la ansiedad antes.

—¿Cuándo llegaste qué hiciste?

—Toqué el timbre varias veces. Como no abrían, pensé que era un mal augurio, que debía irme. Pero alguien abrió.

—No me refería a eso. ¿Hiciste algo para bajarte la ansiedad?

—Pasé a un Oxxo por Tridents y Oso Negro. Lo serví en el termo que traía y bebí un poco mascando chicles.

—¿Un termo como el que llevas ahí? ¿Te daba miedo ir sola al antro, pero no te dio miedo beber y cruzarte con tu Prozac?

—Siempre bebo.

—¿Siempre te embriagas con tipos que no conoces?

Pendejo. No, no siempre me embriagaba. Casi siempre, pero no siempre. Ese día se me pasó la mano, andaba ansiosa. Por la fiesta, por convivir, quería ser chida, divertirme. No quería estar sola ni ser anodina.

—Piensa que soy una estúpida, ¿verdad? Que no soy una "niña bien", como dicen, ¿o qué?

—No estoy para hacer juicios.

—En la fiesta seguía ansiosa. Bebí de mi termo y le pedí a José un tequila. Luego de platicar con él y con Isabel López P., dije que me sentía mal. Fui al baño a vomitar.

—¿Por efecto del alcohol?

—Sí. Bueno, y para verme más delgada. Había comido mucho.

—¿Tienes anorexia o qué?

—Tuve problemas de alimentación. Estuve internada.

—¿Y luego?

—Caminé tambaleándome, normalmente no me pasa tan rápido y pensé que el tequila tenía algo. Le pedí a José que me prestara su cuarto.

—Entonces, tú misma quisiste entrar a la habitación de tu agresor. ¿Qué dijo él?

—Que sí. Fue buena onda.

¿Lo fue? Lo fue. No hubo pistas. Nada que me pusiera en alerta.

—Y en la habitación qué hiciste.

—Me acosté, vomité en el basurero y traté de salir, pero no pude.

—¿Cómo que no pudiste?

—Se lo dije la vez pasada, la puerta estaba cerrada con llave.

—Con llave. ¿Segura?

—Sí.

—¿No gritaste para que te abrieran? Refréscame la memoria.

—Estuve golpeando la puerta, gritando. Pero la música era demasiado fuerte. Pensé que José había cerrado para que nadie me molestara, le mandé varios mensajes. Volví a acostarme un rato a esperar y me quedé dormida, lo que se me hace raro porque eso no me pasa. Tal vez el tequila trajera algo.

—Ayer dijiste que a alguien le había parecido guapo tu agresor.

—A una amiga le pareció guapo. Por los ojos verdes.

—Pero dices que no es tu tipo, ¿a ti no te gustan los ojos verdes?

—Mi tipo es cualquier güey que me pele.

—¿Cómo que "cualquier güey"?

—Trato de conectar, de ser interesante. Me cuesta.

—Y el alcohol te ayuda. ¿Dirías que el alcohol es una muleta?

—Supongo. Eso me explicaron en la clínica.

—¿Clínica?

—Perdón, pero se lo acabo de decir. Estuve internada seis meses. Bulimia. Autolesiones. Alcohol.

—¿Hubo alguna situación específica que te llevara a eso?

—Supongo que todo eso fue por otra agresión sexual que viví. Antes de lo de José.

—Ajá.

—Debe pensar que soy una estúpida por haberme emborrachado así. Lo peor es que me lo advirtieron.

—¿Cómo que te lo advirtieron?

—Olvídelo.

Durante el receso, pensé en la clínica. Tantos meses internada, ¿para qué? Para terminar pinche alcoholizada, para irme a tirar, inconsciente, a la cama de un tipo. ¿Qué esperaba? ¿Que me trajera un té? Connie me lo dijo. La directora de la clínica, la tipa que tanto me jodió. No podía sacar sus palabras de mi cabeza.

—No puedes probar una gota de alcohol, Guinea. Nada. No puedes meterte drogas, ninguna. Y tienes que ir todos los días a una junta de Alcohólicos Anónimos, por lo menos al principio.

—No hay manera. A mí no me internaron por eso.

—Guinea. Tienes que entender algo. Las personas como tú se ponen en riesgo. Compulsivamente.

—¿Las personas como yo? Suenas a libro de autoayuda, Connie. A una maldición que me estás aventando.

—No, Guinea. Tiene lógica. Creces vulnerable y te pones en riesgo. Acuérdate de cómo bebías en la prepa.

—Otra vez con la cantaleta del alcohol.

—Guinea. Tu forma de beber no es normal.

—¿Y por eso dices que me van a violar?

Pascual: ¿Pensaste en algo de lo que te dije?

Guinea: Qué huevos tienes de lanzarme la papa caliente y qué esperas? ¿que toque el timbre de la casa de los espejos y pida por la "esposa nueva"? Me van a cerrar la puerta en la jeta, tú eres hijo del tipo ese, por qué no lo haces tú? te sigue manteniendo, ¿no? Por eso no quieres meterte en pedos, no quieres perder la pensión.

Y contestando a tu otra pregunta obsesiva: contacté al tal Leo, pero no hemos quedado.

Pascual: Si no quisiera meterme en problemas, entonces ¿por qué me eché la culpa de tus mails de confesionario?

Guinea: Yo nunca te pedí que te echaras la culpa de nada.

Pascual: Pero me lo pidió Dafne. Para hacerte un favor.

Guinea: No necesitaba ese favor.

Pascual: No, me imagino que no, porque sigues portándote como adolescente.

Todo es negro, ni se escucha el río abajo
ni se ve la espuma mugrienta que se estanca
en grumos sobre las rocas. Todo es silencio y
viento. Apoyo el abdomen contra el metal
y aspiro, aspiro, aspiro, quiero aspirar toda
esa negrura sin límites.

DANIELA ALCÍVAR BELLOLIO

Saqué un par de cucarachas medio muertas del fregadero de Valentín con una pala de cocinar y las acomodé en una maceta. Lavé los trastes mientras él se daba el baño de cada tercer día. Vomité en la tarja el pan dulce que desayunamos y cuando escuché que Valentín apagaba el agua de la regadera, corrí a sentarme al sillón verde.

Pasábamos cada vez más tiempo en ese sillón, mirando la tele. Al principio, era como un juego en el que yo acariciaba sus muslos, las ingles; luego de un rato me jalaba del pelo para que se la mamara. A veces era bueno, el sexo. Íbamos a la recámara y Valentín me daba tiempo para mojarme, sentir ganas. Otras veces era una cosa de segundos, ahí mismo en la sala, volteada contra el sillón; un entrar y salir seco.

Pero la decisión de cómo y dónde era siempre suya, nunca pedí que fuera de otra manera.

Poco a poco, el ritual del sillón empezó a cambiar. Yo me sentaba, como siempre, en un extremo con las piernas de Valentín encima de las mías; él acostado, yo muy quieta.

Poníamos películas, él se quedaba dormido y despertaba para hacer un comentario al respecto de las nalgas de tal o cual actriz, para cocinarme, atenderme, servirme alcohol, o para elegir la siguiente y la siguiente película. Lo curioso era que yo no tenía ganas de ver ninguna, pero no lo decía. La falta de aseo en Valentín me provocaba cada vez más tirria, pero tampoco lo decía.

La palabra *no* se iba convirtiendo en vómito estancado y ácido. Apresada por esas piernas y el sillón verde, por la televisión y los platos sucios, mi sonrisa se mantenía congelada; lo visitaba de acuerdo al calendario acordado (cuando "su mujer" no iba, que eran más o menos tres días de la semana), y a mis ganas de escapar las contenía dentro de mi estómago, inmóviles y revueltas con chochos, formando una piedra oscura. En una de esas ocasiones, mientras Valentín dormía, busqué fotos de su novia. En la casa no había ninguna, o al menos ninguna a la vista, y no aparecía ella en sus sociales. Me puse a revisar los perfiles de las mujeres paceñas que más *likes* le daban hasta que la encontré. Ella sí subía fotos de los dos juntos, muchas fotos, y algunas habían sido tomadas en ese mismo sillón verde. Enseguida me comparé con la mujer; era algo más joven que yo y daba la impresión de ser maestra de algún tipo de clase de gimnasia (que ofrecía en su propio estudio en La Paz), de esas que dan piruetas en telas que cuelgan en el aire. En algunas fotos aparecía en brasier deportivo logrando poses irrealizables para seres humanos comunes y corrientes. Me sentí vieja, ridícula; le busqué defectos, busqué cualquier cosa en la que yo fuera mejor (sobre todo, en apariencia física). Luego me entró un ataque de risa de hiena. ¿En serio todo esto se trataba de Valentín, el gran trofeo, el galardón?, y nosotras, ¿qué?, ¿peleando por el señorito? Mi primera impresión debió ser otra. ¿Por qué esa chica talentosa, de abdomen plano, le hacía caso al sucio panzón? ¿Por qué Valentín tenía dos mujeres si ni siquiera era capaz de limpiar sus dientes o su departamento? Igual, me quedé rumiando: que si ella era más joven, más delgada y de músculos más duros y flexibles, pero más fea de rostro (¡o por lo menos de nariz!); que si ella también le pagaba las cuentas a Valentín, o yo era la única imbécil; que si la prefería a ella o a mí; que si yo dizque especialista en ciberseguridad y ella empresaria (e instructora de piruetas al aire).

Recordé al viejo casado con el que salía en México y que también me ponía a ver películas y también se quedaba dormido. Empecé a chatear cada vez más mientras Valentín dormía y las películas avanzaban. Me gustaba hablar con tipos que querían salir conmigo. Le escribía mensajes a Paloma para distraerme, me contestaba enseguida, pero no era suficiente, no era esa la adrenalina que necesitaba. Freddie Zarazúa, el amigo de Valentín, mensajeaba un día sí y el otro también. Al principio a través de Messenger donde yo lo agregué y luego por WhatsApp. *Hola, hermosa*, y se me venía el subidón de adrenalina, *¿qué hacés?, ¿seguís saliendo con Valentín?, ¿te sentís contenta, te gusta?, ¿qué hacés con él?, ¿ya te contó de su ñata?, ¿y de su afición por las putas?* No, no me lo ha contado. Ese detalle me daba vueltas en la cabeza, pero Freddie no soltaba la sopa; *que te lo cuente él*, y me quedaba con la misma duda oscura. La roca en el estómago se revolvía cada que pensaba en eso, las piernas de Valentín me pesaban. Más que pesarme, me re-emputaban y ganas no me faltaban de aventarlas al suelo y quemarlas; algo estaba cambiando. Esa furia contenida me daba fuerza, una especie de batería interna, caliente y rabiosa. Pensaba en Pascual y sus correos; insistía en que habláramos, en hacer un viaje y reencontrarnos. Pero sobre todo me hablaba (de forma obsesiva) de sus encuentros con Leo, el "semi-vampiro" al que además había entrevistado.

¿Estás bien, amor?, preguntó Valentín, mientras yo miraba el celular en el sillón verde, bajo sus piernas pesadas. Te ves chivada, o algo, será porque he estado durmiendo mucho y te he dejado ahicito, callada. Te molesta, ¿cierto? ¿Las películas no te han gustado?, quería que vos las vieras por cultura general, no nada más puedes mirar pelis de arte. Ven acá, te quiero, Guinea, ¿estás chévere sentada así?, ay, ven, acércate, la pasas ahí, callada, sin abrir la boquita. A veces pienso que esperas que yo haga todo el trabajo, que te entretenga, te escoja la película, te platique, te cocine, te dé duro. ¿Y vos? A lo mejor no te das cuenta, aunque lo dudo porque no eres nada tonta, pero a lo mejor quieres que te lo diga y te lo explique. Es cansado, tener todo ese peso encima de tenerte contenta, ¿no ve? O a lo mejor te gusta ponerme a prueba, observar hasta dónde puedes llegar con ese silencio, ver si me puedes romper con cosas que dices como que esto es un basurero, que salgamos y vos pagas, que te hablo mal, no sé, amor. Tienes que ser más segura, vos, ¿te das cuenta de todo lo que tienes, de toda la puta suerte?, eres hermosa, vos, brillante, por eso quiero que aprendas a decirme lo que necesitas y que se jodan todos, yo creo que no te das cuenta de lo hermosa que eres, amor, y del miedo que me da perderte. Pero si algo tengo es que soy listo y te observo, me fijo en lo que estás queriendo decir, en lo que necesitas, ¿no ve? Y si hay algo que me importa en la vida es no lastimarte, cuidarte, y que se jodan todos, ¿entiendes?

---------- **Forwarded message** ----------
From: Vampir@ Sonámbul@ <vampirosonámbulo@hotmail.com>
Bcc: ...
Subject: Memorias de adolescencia. Año 2000
IP Address: Colorado
Date: Fri, Jun 01, 2012 at 10:16 AM

Casilda da clases de lengua española en el colegio. Es mi maestra. Y es la mamá de mi novio, de Iván. Casilda es lo que siempre me ha gustado de él. Digamos que es la mejor parte de ser novios, que su mamá sea un poco mía también. Iván no tiene papá, ni nuevo ni original, simplemente no existe. Esa es otra que me gusta.

Casilda ha sido mi maestra tres veces, siempre gana el premio a la mejor *miss*. Desde el principio fantaseé con visitar su casa y cuando Iván me invitó a salir, enseguida acepté. Ella nos llevó al cine, nos recogió y nos abrazó a los dos, aunque a Iván lo abrazó más tiempo.

Durante la película, Iván sacó una botellita de Oso Negro. En ese momento supe que podíamos tener algo serio, él y yo. ¿Crees que no me doy cuenta de tu aliento en la escuela?, preguntó. No es normal que mastiques tantos chicles a la vez, Guinea, dijo con voz de sonrisa. ¿Los demás también se dan cuenta?, pregunté. Nadie se fija en ti tanto como yo.

Nos besamos en la oscuridad de la sala.

La segunda cosa que más me gusta de Iván es su mejor amigo, Ponchito. A todas nos gusta. Ni Paloma ni yo entendemos por qué es amigo de Iván si es tan *cool*; usa esos pantalones anchos que se van cayendo un poco mientras caminas, escucha *Massive Attack*, el café lo toma negro y su película favorita es *Trainspotting*. Igual, yo no tengo oportunidad con Poncho, es el típico que siempre gana el concurso al más guapo de la generación y esas cosas. De hecho, Iván es lo más cerca que podré estar de que se entere que existo.

El concurso de belleza (y otras categorías) lo organizan las populares. Desde primero de secundaria se volvió tradición cerrar el año escolar con esos estúpidos premios. A mí no me importaba ser invisible en todas las categorías; todos saben que las organizadoras se van turnando el primer lugar a la más bonita. Pero este año me hubiera gustado estar entre las finalistas por dos razones. La primera, porque ahora Iván es mi novio y Poncho ya me conoce; la segunda, para sentirme más a la altura de Poncho.

Hace dos días fui con Paloma a revisar la lista de nominadas; nunca lo había hecho completamente en serio. Otros años, íbamos a reírnos de la terna: siempre las mismas caras reciclándose. Pegaron los nombres en un pizarrón del auditorio de la escuela. Me acerqué haciendo como que me daba risa; es fácil fingir que nada te importa cuando bebes. Mi nombre no aparecía en ninguna categoría y ganas no me faltaron de arrancar las listas de la pared. Paloma notó lo que yo estaba sintiendo. A veces, me siento un fraude cuando estoy con ella, no es fácil de engañarla, a Paloma.

Desde que mi mamá se divorció de mi expadrastro hace más de un año, nos mudamos a un departamento en el que detesto pasar tiempo, salvo porque adoptamos un perro al que le pusimos Mollete. Detestaba más estar en la casa de los espejos, es cierto, pero estar con mi mamá se ha vuelto insoportable. Lo único que de verdad le interesa es invitar a desconocidos a beber en la sala, en el comedor, en la cocina; desconocidos que según ella son sus mejores amigos "de antes", pero que no los podía ver porque se lo prohibía el vampiro. Se pone a opinar sobre mí, a criticar a Iván, mi ropa y mis *piercings*, y ya nunca menciona ni a Pascual ni a Toña. Por eso, la tercera cosa que más me gusta de Iván es poderme pasar las tardes en su casa y beber. Es decir, no bebemos en las narices de Casilda, pero no nos supervisa casi nada.

Ahora estoy en casa de Iván; él prefiere que nos encerremos en su cuarto y yo prefiero estar en la sala de tele. Iván es tres años más grande que yo, ha reprobado varias veces y ahora cursamos el mismo año escolar. Iván es feo, nunca me ha gustado, pero lo chistoso es que otra de las cosas que más me atraen de él es que sea feo. Paloma me lo dijo, tú eres bonita y lista, él es el feo y tonto, y eso te encanta. Tiene razón, se siente bien ser mejor. Además, Iván me cae bien. Lleva de menos treinta y cinco minutos frente al espejo tratando de hacerse un agujero en la nariz. Le da miedo el dolor, se pica un poco con la aguja y chilla. Me doy cuenta de que admira mi valentía para agujerearme las orejas y meterme los aretes sin dudar, y por eso mismo no se atreve a pedirme que yo lo agujeree. Sabe que no le tengo miedo a la sangre.

Iván y yo nos hicimos amigos desde primero de secundaria. Más bien, él se hizo mi amigo. Yo sabía que le gustaba, me miraba todo el tiempo en el recreo, en la biblioteca. Ya sabes, esa sensación de que alguien te observa, volteas y ahí estaba él fingiendo que no. Pero yo sabía y Paloma me lo decía. De alguna forma, me gustaba tener control sobre él. Se ponía más contento si yo le sonreía o lo saludaba, y Paloma se daba cuenta de eso también.

Me acuerdo mucho de Iván en la fiesta de cumpleaños de quince de Paloma, me acuerdo porque Ponchito estaba con él, y yo miraba a Ponchito. También me acuerdo porque Iván bebió de más y por primera vez me sostuvo la mirada. Fui yo la que tuvo que bajar los ojos, no aguanté. Me invitó a fumar al jardín, ahí me agarró la mano. Me dio asco por las uñas, las tiene pintadas de negro, a veces mal pintadas, descarapeladas, y esa noche le pregunté por qué se las ponía así. No contestó, acarició mi cara, me besó. Traíamos *brackets* los dos, nos pegamos en los dientes. No hablamos de eso hasta que me invitó al cine un par de meses después. ¿Quién nos va a llevar?, pregunté. Podemos ir solos, mi mamá ya me presta el coche. No, dije. La mía no me va a dejar ir si no nos lleva tu mamá. Y entonces Casilda nos llevó.

Iván se pinta la línea de debajo de los ojos de negro. Yo también me la pinto, pero no es lo mismo. Nunca le he dicho que no me gusta que él lo haga, casi nunca le digo nada de lo que no me gusta. Quiero que Casilda me quiera porque quiero a su hijo, que piense que lo quiero mucho y entonces ella me quiera mucho más. No quiero que Ponchito piense lo mismo. Me gustaría que note que lo observo, que se aproveche. Que me bese escondidos en una fiesta y me pida que se la chupe. Pero él no me pone atención.

El tío de Iván se pintaba las uñas, los ojos y los labios. Todo de negro. Ahora está en la cárcel. El tío funcionaba un poco como papá de Iván. Casilda e Iván viven como a cinco cuadras del colegio y recuerdo que el tío los acompañaba a pie a la escuela cuando Iván tenía mi edad. Yo creía que era el papá, pero como llamaba la atención de todos y hablaban de él, muy rápido supe que el tipo del pintalabios negro era el hermano de la maestra y no su esposo.

Dicen que lastimó gente, el tío, pero Iván dice que lo encerraron por una tontería, por vender bolsas de imitación de marca. Mi mamá lo criticaba, al tío, cuando lo veíamos caminar hacia la escuela o de regreso desde el coche. Ahora dice que quién sabe qué habrá hecho el tipo ese, el tipo que se parecía al hombre manos de tijera, al de la película. Como son europeos, dice, se les hace normal andar pintarrajeados, pero en México la gente bien no anda así.

Primero pensé que mi mamá me iba a prohibir ir a casa de Iván, por eso del tío y todo; a Paloma no la dejan juntarse con Iván desde que lo suspendieron por robar dos carteras de unos *lockers*, ni tampoco la dejan estar a solas con un niño. Pero la verdad es que a mi mamá no le molesta para nada que pase las tardes ahí. Desde hace años aprendí que a mi mamá le preocupan otro tipo de cosas, como el hecho de que me pinte las pestañas de azul o verde, o mi mechón rojo en el pelo, pero cuando vio los cortes en mi cuello solo dijo que ahora tendría que llevarme al dermatólogo. Me los hice para asustarla. No es fácil saber lo que le importa y lo que no.

Iván no logra perforarse la nariz, duele un chingo, dice con la piel semi agujereada en tres puntos distintos. ¿Y si vamos al cine?

Al cine vamos a fajar; rara vez nos enteramos de qué va la película. Eso sí, leemos la sinopsis para contársela a Casilda (que casi siempre nos lleva), o a mi mamá (que a veces nos lleva). Me gusta fajar. No es que me encante que sea con Iván, pero imagino que es con Ponchito. Y en el cine bebemos, todo da vueltas, todo es oscuro, no puedo ver lo que no me gusta como las uñas negras o la nariz grande y fea. Pero me gustan sus labios delgados y suaves y su lengua se mueve bien adentro de mi boca. Sabe a vodka.

Él cree que los cortes que tengo en el cuerpo me los hago por la noche, con las uñas. A diferencia de Paloma, él me cree todo lo que le digo; cree cuando digo que soy sonámbula y que puedo lastimar a la gente que duerme a mi lado. ¿Y qué hay de Paloma?, pregunta. ¿No se queda a dormir en tu casa a veces? Sí, pero en otra cama. Tengo una litera. Nadie puede dormir junto a mí porque podría matarlo. O matarla. Dice que sueña con dormir junto a mí, que lo haría muy feliz; no le importaría morir así, valdría la pena. Después de decir eso, me mira a los ojos esperando mi aprobación. Siempre espera mi aprobación; da la idea de ser un perrito que quiere ser querido por mí. Y yo, una perrita que quiere ser querida por Casilda y Poncho.

Mientras nos preparamos para ir al cine, suena el timbre.

Es Poncho, dice Casilda. Viene a verlos.

Yo sé que no viene a vernos. Viene a ver a Iván y no le va a encantar que yo esté aquí. Iván y yo tenemos un acuerdo desde hace meses: cada vez que venga Ponchito sin avisar, tengo que decir que vamos de salida. A Iván le molesta que Poncho lo trate como si estuviera a su servicio, llega a su casa a cualquier hora y sin preguntarle y se queda fumando mota en el sillón de la recámara como si fuera su propio cuarto. Pero Iván no se atreve a ponerle un alto, me echa a mí la culpa y yo soy quien tiene que inventarle a Poncho que íbamos de salida.

—Qué onda, güey —dice Ponchito, chocando su puño con el de Iván—. Ah, hola, Guinea.

—Qué onda. ¿Cómo andas?

—Aquí, tratando de pasar tiempo con mi amigo.

—¿Qué quieres decir con eso, güey? —pregunta Iván riendo, pero sé que la risa es fingida.

—Pues que ya no te dejas ver. Te la pasas acá encerrado —dice mientras camina despacio, con esa calma que lo caracteriza, como si nada le importara ni nada le diera miedo.

—Siempre me la he pasado aquí encerrado —contesta Iván, mirándome. Espera a que yo diga algo, que diga que estábamos por salir al cine.

—Pero con Guinea, güey. ¿Se te olvidaron los amigos?

—No digas pendejadas, tú también te encerrabas cuando andabas con Maeva.

—Bueno, pues los dejo y me paso por aquí otro día.

—Oye, Poncho. No te vayas —digo yo. Siento la furia silenciosa de Iván, pero no volteo a verlo—. Estábamos a punto de poner *Trainspotting*, ¿quieres verla?

Nos sentamos los tres en la sala de tele, yo escojo un sillón individual desde donde me pueden mirar. Poncho prende un porro y lo pasa. Sé que Iván está furioso conmigo, pero no hago nada para calmarlo. Lo único que me importa es que Ponchito me mire, me conozca un poco. Además, estoy tan cansada de Iván que me da náuseas.

Siento cómo me mira, cómo supervisa si dejo de mirar la pantalla, si volteo hacia Poncho. Al mismo tiempo lo observa a él, pero Poncho está demasiado fumado como para darse cuenta. Se queda dormido en el sillón, y cuando termina *Trainspotting* lo dejamos ahí, tendido.

—¿Te gusta Poncho? —quiere saber Iván, me lo pregunta en cuanto nos acostamos en su cama luego de cerrar la puerta.

—No.

—Te trata de ligar.

—Nunca. Jamás platica conmigo, Iván.

—Eso no es cierto. Hoy se la pasaron haciendo chistes, como si yo no existiera.

—Lo veo difícil… Con tu amigo muerto en el sillón… —respondo riendo.

—Antes de eso, Guinea.

—Pues no me fijé. No me di cuenta de que tú estuvieras callado.

—¿Te han besado antes que yo? —quiere saber.

—Ya me lo habías preguntado, dije que no.

—No te creo.

—No quiero hablar de eso.

—Dime, Guinea. No quiero enterarme por otra persona.

—No he besado a nadie. Alguien me ha besado a mí.

—¿Y te gustó? ¿Besaba mejor que yo?

—No me gustó.

—Dime algo más, cuéntame. ¿O qué no quieres saber de cuando anduvimos Andrea y yo?

—¿Ella te sigue gustando?

—No, no me sigue gustando.

—¿Te gustaba más de lo que yo te gusto ahora?

—No. No creo.

—¿No crees?

—No, no creo que me gustara más de lo que me gustas tú. Pero estaba enamorado.

Tengo ganas de golpearle el rostro, encajarle vidrios en toda la cara, ¿todo lo que soporto para esto?

—Estás celosa —dice sonriendo, como un triunfo—. Nunca habías estado celosa por mí.

No estoy celosa de Andrea, Andrea es de las más feas de la generación. Tanto como Iván. Si estuvo enamorado de ella, no me parece difícil que lo esté de mí. Pero me ofende que no me diga que le gusto mil millones de veces más. No es que yo me sienta hermosa, ni mucho menos. A veces puedo verme en verdad horrible; hay días que no soporto mi reflejo en los espejos, detesto la forma de mis cachetes y de mis cejas, detesto que me saquen fotos. Pero ¿Andrea?

Esta vez no quiero estar aquí, quisiera estar en mi casa. Aun así, no me levanto de la cama de Iván. Casilda nos deja estar en su cuarto todo el tiempo que queramos, nunca entra ni pregunta qué estamos haciendo. Un día me invitó a tomarnos un café solas. En realidad, fuimos por un helado. Si quedaras embarazada, yo te apoyaría, dijo. Pero es mejor que no suceda, es mejor que usen protección, ¿te lo ha dicho tu mamá?

La verdad es que nunca he hablado de eso con mi mamá, pero dije que sí, que me lo había dicho. Tampoco le dije que Iván y yo no teníamos relaciones todavía, pero me quedó claro que eso es lo que Casilda asume que hacemos en el cuarto. Me enfurece que no toque nunca la puerta ni pregunte. Mi mamá tampoco pregunta.

Dentro de menos de dos meses va a ser nuestro primer aniversario, de Iván y mío. Invento cosas como eso de que mi hermano Pascual se murió o que mi papá verdadero vive en Isla Mujeres. O que le puse veneno a mi expadrastro y estuvo semanas en el hospital. Así soy interesante. En la escuela hablo con Paloma; con ella soy divertida, se me ocurren chistes tontos. A Iván nunca se le acaban los chistes tontos.

A veces, cuando Iván no quiere estar en su casa porque Casilda tiene visitas, pasamos la tarde en mi departamento dizque haciendo la tarea en el comedor. No sé si a mi mamá le cae bien Iván, con todo y su aspecto. Pero la ayuda calentando cosas en el microondas con los minutos mal seleccionados y la comida termina explotando ahí dentro. Se ofrece a poner la mesa y acomoda todo al revés; pasea a mi perro Mollete.

Iván no entiende cómo es que tenemos un largo Lincoln azul, o cómo es que me recoge un chofer en el colegio, pero vivimos en un depa tan equis y pequeño. Me pregunta quién es mi papá, cuánto dinero tiene, por qué mi hermano no vive con nosotras, qué pasó con la bebé que mi mamá iba a tener porque la recuerda embarazada. Le digo mentiras. Me gusta decir que a la bebé la regalaron en vez de decir que mamá la perdió; además, ser adoptada hubiera sido mejor que morirse. Pero a veces Iván insiste en que le explique a quién se la regalaron y me desespera.

—Me gusta que te enojes, Guinea.

—¿Por?

—Porque al menos, por una vez, dices lo que no te gusta. Siempre haces lo que yo quiero hacer y nunca lo que tú quieres.

—No es cierto.

—Estoy hablando de cosas que hacemos en el cine. O en la cama.

—Okey.

—A ver, no hemos hecho el amor. Pero si te la trato de meter, ¿te negarías?

—¿Por qué me preguntas eso? ¿Te dijo algo tu mamá?

—¿Qué tiene que ver mi mamá?

—¿Ella dijo que yo no haría nada si me la metes a la fuerza?

—No dije a la fuerza. Pero ¿dirías que no si trato?

—Claro que diría que no. Si no quiero.

—Yo creo que no dirías nada. Nunca dices no a lo que no te gusta.

—Cállate.

—A ver, ya no te enojes. ¿Qué le dice una foca a su mamá?

—Ya, Iván.

—Ándale, te vas a reír. ¿Qué le dice una foca a su mamá?

—No sé. ¿Qué le dice?

—I love you, mother foca.

Siempre lo perdono por fuera, sonrío y prometo que todo está bien. Pero por dentro lo voy odiando un poquito más, sin decirle. Guardo las palabras que quisiera pronunciar en mi garganta, siento cómo se quedan ahí atoradas y burbujean. Le deseo que le pase algo, algo que de veras le duela para que sepa lo que siento.

Visitar en sueños las ruinas de tu casa
y volver sin que el polvo se cuele por tus dedos
y se pegue a tus manos.

WIDAD NABI

¿Continuamos?, la voz de la Catrina. El letrero percudido y sucio de "Atención de delitos sexuales: sede Búnker", es mal augurio. ¿Cuántas más habemos aquí? ¿Son como yo? Iguales, más solas, menos o más jóvenes, menos o más protegidas, lastimadas. Despertamos cada mañana con ganas de morir, hacemos un esfuerzo descomunal por salir de la cama. Cada una aislada en su silla, en su esquina, sin quitar la sonrisa que nos enseñan a mantener.

—Isabel López va a corroborar mi versión.

—¿Te vio entrar a la habitación de José?

—Seguro.

—¿Vio que tú fuiste la que quiso entrar?

—¿Qué tiene que ver? No es razón para violarme.

—¿Vio o no vio?

—Sí.

—¿Isabel habrá notado cuánto bebiste?

—Sí.

—¿Dices que son cercanas?

—No. Somos conocida de los *Scouts*. Yo la admiraba, pero ella apenas se acuerda de mí en ese contexto porque es mayor.

—Si ya la conocías, ¿cómo es que no tenías su celular para avisarle que estabas encerrada en la habitación de tu agresor?

—No es mi amiga. Nos guiaba en los campamentos; en ese entonces, la veía muy guapa, muy inteligente. En la escuela también la vi muchas veces, cuando me colaba al patio de la prepa.

La Catrina se toma otro receso. Largo. Los pasillos percudidos, atiborrados de gente y expedientes, huelen a humedad, cebolla cruda, polvo. Frustración. A justicia, no. Las adolescentes, con la madre de la comida preparada, siguen esperando; me sonríen a pesar de todo. Al menos, a mí me atienden, para eso sirve un abogado que no todas pueden pagar.

—Me quedé dormida en la cama de José —vuelvo a contarle a la Catrina— y no me desperté hasta sentir el mecimiento y el peso de su cuerpo.

—¿Segura que no recuerdas nada previo, ningún intercambio de palabras, ninguna invitación de tu parte?

—No.

—¿Después?

—Después se fue.

—¿De dónde?

—Del cuarto. Me levanté, acomodé mi brasier. Me había lastimado el pecho. Busqué mis calzones y sentí cómo el semen escurría entre mis piernas. Busqué mis *jeans*.

—¿Te los escondió?

—Todo estaba revuelto entre las sábanas. Me vestí lo más rápido que pude, dejé los calzones ahí, me dieron asco. Luego llamé a mi tía Berenice.

—¿Por qué a ella y no a tu novio Poncho, por ejemplo?

—Porque ella vive en la calle de Pachuca, a dos cuadras de Zamora. Casi siempre está despierta en la madrugada. Podía recogerme.

—¿Te contestó?

—Sí, dijo que llegaba en diez minutos. Traté de salir, pero la puerta seguía cerrada con llave. Estuve tocando con fuerza y unos cinco minutos después abrió José.

—¿Te dejó salir del departamento así nada más?, ¿no te pidió que guardaras el secreto, nada?

—No. Mi tía Berenice ya contó lo que pasó después.

—Bueno, pues creo que ya terminamos tú y yo. El perito en psicología te espera.

—Quiero aprovechar que estoy con usted para denunciar al ginecólogo.

—¿Al ginecólogo de aquí?

—No. Aunque ese me revisó demasiado tarde.

—Los tiempos son los mismos para todas las víctimas, Guinea.

—No es eso. Es que mi abogado es un estúpido. O su despacho, Nassar Nassar. Insistieron en que presentáramos la denuncia hasta diez días después de esa noche.

—¿Por?

—No sé. Supongo que estaban ocupados y no insistí. Al que quiero denunciar es al ginecólogo privado. Alberto Kably.

—¿Qué hizo?

—Fui con él dos días después de la fiesta, tenía miedo de que José me hubiera contagiado de algo, pero el doctor no me revisó. Ni siquiera me tomó una muestra de semen. Solamente me dio unas pastillas para no embarazarme.

—¿Cuál es el problema?

—Creo que me atendió mal. Cuando le conté lo que pasó, dijo que eso les pasa a las chavas que beben.

—¿Y cuál es el problema?

—Quiero que apunte el nombre del doctor. Quiero denunciarlo.

El cielo se veía despejado. En la calle vi al viene-viene de siempre, la sonrisa torcida. Sonreí de vuelta; lo peor había terminado. Me puse de buenas a pesar del hambre y las horas perdidas en ese no lugar sin ventanas y fui a buscar algo de comer a una fonda que no quedaba lejos, recomendada por la mamá que traía la comida en tópers.

Cuando llegué, el lugar ya estaba cerrado. Mal augurio. Un tipo me dijo que probara en el Bar Sella, cerca de ahí. Llegué y lo único vegetariano era la especialidad de la casa, tortilla de patatas. El huevo me pareció demasiado crudo, otra mala premonición.

Volví a casa, me quité los zapatos, y Dafne llegó al poco rato de la revista, tienes una carta de Pascual, dijo. No trae sobre porque la abrí pensando que era para mí… Pero no la he leído, no te preocupes.

Una carta de Pascual. Era la primera vez que me contestaba, desde que se había ido a la escuela militar y quedado en Gringolandia. La guardé como un tesoro, quería saber qué ponía, pero al mismo tiempo me daba miedo. ¿No quieres leerla en voz alta, Guinea? Dije que no, y Dafne calentó su típica sopa de verdura y arroz, mientras le explicaba que la decisión del Ministerio Público —consistente en ejercer o no ejercer acción penal en contra de mi violador— tardaría un par de semanas. Cuando estoy nerviosa, detesto que me digan que me tranquilice; deberías tranquilizarte, dijo Dafne, dijiste la verdad, ¿no? Y la declaración de Isabel López P. te tiene que ayudar, ¿no? Además, te hace bien estar calmada, tranquilizarte. No, mamá, contesté, no me digas que me calme, me pones mal, me pones peor. Pero lo digo por tu bien, Guinea, todo lo que hago es para cuidarte, ¿entiendes?

¿Entiendes? Entiendes. Detesto esa pregunta, y no, no todo lo haces por mi bien, no todo lo haces para cuidarme.

Por la noche me acosté y desdoblé la carta. Era más o menos larga. Contaba algunas cosas, pero lo único que recuerdo es una sola frase. *Es tu culpa, hermana, no debiste tomar alcohol de esa forma.*

Transcurrieron los días y Dafne insistía con que viera algún amigo, que me juntara con Jesús, Poncho o Paloma, pero era raro. Desde que les conté de la fiesta, se portaban diferente. Tiesos. No me preguntaban nada del tema Búnker tal vez por miedo a mi reacción. Yo tampoco me atrevía a mencionarlo, aunque fuera la único que tenía en la cabeza.

Finalmente, me citaron ocho semanas después de la última vez. Nos recibió la Catrina, enfundado en camisa blanca bien planchada; aunque la que llevaba ese día tenía un defecto: le hacía falta un botón, cosa que me dio gusto. Su escritorio parecía la torre de Babel sin un centímetro libre; los expedientes rebasaron mi cabeza cuando me senté del lado opuesto a él. El abogadito jaló dos sillas más, una para sí mismo y otra para Dafne. La Catrina se tomaba su tiempo en acomodar las montañas de papeles en el suelo, mientras a mí el café mágico se me subía a la garganta.

La Catrina ofreció agua; nadie aceptó.

—¿Nos va a decir lo que decidieron o no? —dijo Dafne, desesperada y grosera—. Llevamos dos meses esperando, licenciado, y no tenemos toda la mañana.

—Detectamos algunas discordancias en la declaración de Guinea. —Las primeras palabras pronunciadas por el imbécil de la Catrina.

Clavé la mirada en una foto que el tipo nos puso delante: la imagen de una cerradura burdamente sellada con un metal derretido y sobrepuesto. Era la puerta del cuarto de José, fotografiada desde dentro.

—Contrariamente a lo que aseguras, Guinea, la puerta de la habitación del señor José no tiene cerradura. Es decir, no tiene forma de ser cerrada con llave, ¿lo alcanzan todos a ver?

Señalé la obvia y reciente intervención de la chapa, pero mis palabras no tuvieron efecto, como si no las hubiera pronunciado. ¿Sería culpa de la mordida?

—En adición a esto, la declaración jurada de Isabel López P., una de las asistentes a la fiesta, contradice la declaración de Guinea.

—¿Cómo? —Sentí que me vaciaban un galón de ácido en la parte baja de mi estómago—. Si ella me vio entrar al cuarto y le conté lo del tequila…

—Permíteme terminar. La señorita Isabel López P. asegura que no se despegó del señor José en toda la noche, que el señor José nunca entró a su habitación a pesar de que Guinea estuvo insistiéndole que fueran juntos hasta ahí. Aquí tengo copia de lo dicho.

Ese ácido en el estómago se expandía cada vez más por mi cuerpo, lo llenaba y se calentaba para quedarse ahí.

—¿Y el esperma de José? —pregunté.

—No se pudo determinar si el semen encontrado en el útero de Guinea pertenecía al supuesto agresor o no — dijo la Catrina mirando al imbécil del abogado que insistió en presentar la denuncia diez días después de la noche de la violación por su apretadísima agenda—. En adición a esto, el perito psicólogo dictaminó que Guinea no fue objeto de abuso sexual o violación alguna, conforme a la evaluación profesional —continuó—. Los resultados de la valoración arrojan que incluso su ginecólogo privado descartó una agresión y por eso no le hizo las pruebas pertinentes.

—¿Y mi denuncia contra el ginecólogo?

—Permíteme terminar.

—¿Y lo del tequila?

—¿Me permites terminar, Guinea? —dijo y se me quedó viendo—. El perito, además, dictaminó que posiblemente el consumo de medicamentos, tal como el Prozac, mezclados con el alcohol, pudieron haber llevado a Guinea a distorsionar las cosas; posiblemente sufra de algún trastorno de adicción o falta de control en su manera de beber. Aquí tenemos copia de la evaluación completa, en caso de que la ocupen.

—¿Entonces? No me queda clara la resolución, mi Lic, nada más escucho juicios acerca de mi clienta —abrió el hocico el abogado por primera vez.

—No procede acción penal en contra del señor José X.

Fuera del Búnker, mientras yo miro el grafiti del primer día —ya nadie te recuerda, ya todos te olvidaron—, el abogángster aprovecha para sacar la factura por el cincuenta por ciento restante de sus honorarios y recordarnos, a Dafne y a mí, cuántos días quedan para pagar.

El viene-viene observa; esta vez no sonrío.

Pascual: Leí el último correo. Yo nunca escribí ni mandé la carta de la que hablas. Jamás dije que lo que te pasó había sido tu culpa.

Exiges "la verdad", pero no puedes aceptar que tú le diste mis datos a Dafne. O ¿cómo me contactó en Denver?

Y sí, mi papá sí me deposita un dinero, pero me lo debe después de todo lo que hizo. Es una deuda.

No contesté ninguna de tus cartas, es porque no me sentía bien. No podía ayudarte.

Te cuento lo de la niña nueva para que lo sepas y tomes tus decisiones.

Va a ser su primera comunión en la casa de los espejos el 12 de diciembre.

Ese día te van a dejar pasar.

> Cuando me senté a la mesa con la granada
> en la mano y te miré para que pudieras percibir
> mi sufrimiento —ahora que lo recuerdo
> bien—, fue cuando atisbé, cuando comencé
> a entrever quién eras en realidad, qué máscaras
> te ponías, qué palabras muertas, y pude
> empezar a abandonarte yo también.
>
> Pablo Gallego Boutou

Si nos sacamos la lotería, dijo Valentín mientras pagaba un cachito, abrimos un putero y te ponemos a regentiar, amor, con tus gatos de policías, ¿no ve? De qué hablas Valentín, no es chistoso. ¿Qué?, ¿a poco no te las traerías cortitas?, o me vas a salir con que eres abolicionista, esa si no me la esperaba. Ya, Valentín, ¿cambiamos de tema? Y ¿por qué no quieres hablar de eso?, a ver, a mí me interesa lo que vos piensas de la putería. ¿Qué pienso? Claro, qué piensas de las putas a las que les gusta ser putas y tienen su cueva y han puesto su precio y todo, ¿no tienen derecho a dedicarse a eso?, ¿que se jodan? No sé, no estoy de humor ni quiero opinar. A ver, amor, ¿y para qué cosas estás de humor?, ¿tan difícil es decir lo que piensas? No sé qué pienso, carajo. Discúlpame, Valentín, pero ya te había dicho que no estaba de humor. Vos nunca estás de humor, Guinea, y sobre todo nunca lo has estado para lo que yo quiero, siempre se ha tratado de lo que vos quieres, Guinea la reina, ¿no ve? A ver, ¿qué va a querer la princesa?, ¿de qué va a querer que hablemos o, más bien, que yo le hable? Porque, de últimas, el que te entretiene soy yo, el que saca la plática soy yo. ¿Y eso te molesta, Valentín? Sí, me molesta, estoy cansado de tanta huevada, tengo un resto de chamba toda la semana, me traen jodido en la librería, y luego te veo y me conviertes en tu bufón, es cansado, amor, ¿no ve? No, Valentín, no veo, pero tienes razón, lo que pasa es que este es un tema del que no tengo ganas de hablar, estoy irritable y me caga el pinche tema. ¿Y no puedes pedirme una disculpa sincera, Guinea? Si te estoy diciendo cómo me has hecho sentir, vos, como tu bufón personal, por lo menos podrías disculparte. Tienes razón, discúlpame... Pero no tenía ganas de hablar del tema. No importa eso, amor, ¿entiendes?, lo que importa es que te has disculpado y reconocido cómo me estaba sintiendo, y ya no te trates de justificar de nada, si te justificas ya no vale la disculpa. ¿Sabes qué, Valentín? Mejor sí quiero hablar del tema, no debí cortarte, cuéntame. ¿Qué quieres que te cuente? Pues no sé, por ejemplo, ¿tú contratas servicios sexuales? ¿Y eso qué tiene que ver?, no era el tema, Guinea. Sí, sí es el tema, dime, me interesa saber. Bueno, si tanto te interesa... Hubo una época en la que íbamos, mi mejor pata y yo, todo el tiempo a los puteros, también con el Freddie Zarazúa, ¿te acuerdas de él?, íbamos a un par de cuevas en la 12 de octubre hasta que mi pata y yo dijimos, ya basta, hay que parar. ¿Y eso? ¿Por qué parar? Parar de gastar tanta lana, amor, y eso que no eran cuevas caras, ¿entiendes?, pero la lana se nos iba también en el pisto. Entonces por eso dejaron de ir, tu cuate y tú, por no gastar tanto. Bueno, era nuestra intención, pero el destino hizo que volviéramos cuando me cambié de departamento y nos hicimos rumis, mi pata y yo, justo abrieron un putero de camino a la casa, imagínate amor, un chiste del destino que tomamos como señal. Ah, entonces, sí crees en las señales, Valentín. Bueno, en algunas señales, sí, jaja, no se te va una a vos, ¿verdad, amor? Luego, íbamos ya nomás a beber, ya ni hacíamos nada con las ñatas, ya eran amigas nuestras, hasta raite les llegamos a dar a la Uni las veces que salimos a eso de las siete de la mañana y hasta nos contaban sus cosas personales, cosas de sus vidas. Pero de tanto ir, me hartó.

Dafne: ¿Cuándo vienes a México? Me van a dar un premio dentro de tres semanas, por mis ensayos de literatura francesa. Me encantaría que estuvieras.

Si no puedes, voy a festejarme en Acapulco para navidad en *petit comité* con tu tía Berenice. Y contigo.

Guinea: Ma. Oye te acuerdas de cuando vivíamos en el depa de Amores, cuando Mollete ya estaba viejito, te acuerdas que dijiste que me había llegado una carta de Pascual?

Dafne: Sí vienes, ¿verdad? ¿Al festejo y a Acapulco?

Guinea: Ma. Es muy importante que me contestes. Esa carta me la mandó Pascual o la escribiste tú?

Dafne: Mija, por cierto, ya todo se aclaró. Los IP de los correos son de Colorado, y Lory me dio los datos de Pascual. Vive en Denver.

Guinea: Pascual. Voy a México todo diciembre. Terminé con mi novio en La Paz (si es que se le podía llamar novio) y necesito unas vacaciones.

Voy con las gatas y todo. en la oficina me inventé un tema de salud y me dieron chance. Aquí son bastante "lait" igual que en México.

Guinea: Me encantaría verte en México, Pascual; sé que es difícil pero se vale soñar ¿no?

Por cierto, ya agendé una cita con el famoso Leo.

Tienes razón en muchas cosas. no era tu responsabilidad ocuparte de mí. también eras muy joven.

lo siento.

Tu hermana.

He cambiado de formas
y de danza.
Voy a morirme un día
y no sé de mi rostro
y no puedo volverme.

Claribel Alegría

Leo llevaba un rato intentando agrandar unas horribles botas de cuero en el congelador. Las sacaba y metía, tratando de empujar una pelota de tenis lo más adentro, y luego probando si su puño entraba hasta el fondo.

—¿Por qué no las dejas más rato? —pregunté—. Un día completo.

—A la fuerza, tienen que estar listas para hoy en la noche.

—Van a quedar húmedas. Y deformes.

—Es cumpleaños de mi pa. Aunque sea mojadas hoy me las pongo, Guini.

—Que no me digas Guini.

—Entonces, ¿como? ¿Guinesita?

—¡No! Ni de broma.

La misión se había vuelto compartida: rociar un poco de agua caliente sobre cuero, esperar veinte minutos a que se ablande dentro del congelador y probar. Esa era la tercera vez que nos juntábamos. Me sentí bien en su casa, sentada en la cocina, descalza con los pies sobre una de las sillas y viéndolo obsesionarse con esas botas.

Habían pasado algunos meses antes de que me atreviera a buscarlo. Pascual me había mandado su contacto, pero lo guardé en algún cajón de mi mente. Cuando por fin le escribí, Leo me respondió una o dos horas después, queriendo saber más. Escribí un *e-mail* contándole que era especialista en temas de ciberseguridad y agregué detalles de mi vida, de la casa de los espejos, de Toña y Pascual; cerraba con: "Quiero entender cómo logras contenerte. Eso tal vez me ayude a sanar", "¿Dónde y cuándo nos vemos?", contestó.

La primera vez fue incómodo. Como dijo que vivía en la Ciudad de México, cerca de la delegación Benito Juárez, lo cité en las mesas de piedra de ajedrez en el Parque de los Venados. Llegué antes de la hora con dos *frappés* cubiertos de crema batida. Leo ya me esperaba; lo reconocí de lejos porque nos pusimos de acuerdo en usar algo color rosa para ubicarnos. Pero yo, desde que estaba en la prepa y hasta ahora a mis veintiocho (salvo por un lapso accidentado con Valentín), tengo casi pura ropa negra por dos razones. La primera, porque soy angustiosa y no quiero agregarle angustia a la mañana teniendo que elegir. La segunda, para verme más delgada y, según yo, elegante. Y, bueno, también para no llamar la atención. Obvio fui de negro, pero con una bufanda rosa mexicano; él llevaba puestos más de cinco colores distintos, aunque predominaba el rosa. Me pareció chistoso y lo saludé riendo. No volteó a verme los ojos, apenas apretó mi mano y aceptó el *frappé* de mala gana.

Sentí la piedra demasiado caliente al sentarme; el sol me pegaba directo, Leo tenía sombra. Además, la piedra era más dura de lo que recordaba. No dije nada, esperé hasta que me preguntó sobre mi vida de niña. Hablé del expadrastro y el alcohol. Hablé de Dafne, de sus artículos, de cómo se evadía leyendo, bebiendo, escribiendo, de su manera tan profunda de dormir y de cómo no la despertaban ni siquiera los martillazos de la obra de la casa de enfrente. De la manera que tenía el papá de Pascual para tergiversar las cosas, de su autoridad, de las pastillas para dormir que guardaba y de mis sospechas acerca de que ponía esas pasillas en las cenas de Dafne. A Pascual no lo mencioné.

El parque estaba silencioso, la mirada de Leo se clavaba al centro de la tierra, cada vez más al fondo, como si él fuera culpable de lo que salía de mi boca; el brillo del sol en mi cara me obligaba a voltear para abajo también, sometida a un interrogatorio impersonal durante el cual nunca nos miramos. Cuando terminé de hablar, Leo se levantó a tirar los vasos de *frappé* y ya no se sentó. Gracias por la confianza, Guinea, pero me tengo que ir yendo, dijo, no se me dan bien los parques de día. Y se fue.

Me quedé sentada bajo el sol, aturdida. Cuando me cambié al lado de la sombra, caí en cuenta que el parque nunca había estado en silencio. Un caos de ladridos, gritos, frases cortadas, reguiletes, olor a algodón de azúcar y aves piando. Risas de niños y de niñas. Guau. No se me dan bien los parques, dijo. El parque es el lugar de los niños, carajo.

Busqué a Leo para volver a vernos. Me dio cita en el Sanborns de los azulejos, donde pedí una mesa cercana a la fuente; sería lindo el sonido del agua. Me dieron un lugar justo al lado, pero la fuente estaba apagada, aunque decorada ya con nochebuenas. Saqué un libro de la bolsa, no pude concentrarme ni dos líneas. Mis piernas brincaban como si anduviera a caballo y opté por vigilar la entrada hasta que llegó.

Esa vez sí que nos vimos a los ojos: mientras se acercaba a la mesa, solo sus ojos y los míos. Una mirada normal, la de Leo. Nada especial. Ni profunda ni vacía. Cálida, sí, aunque no armonizaba con la tensión de su cuerpo, la rigidez con la que se sentó. Llamé a una mesera, moría por una cerveza y un tequila (intentaba no usar ya mi maldito termo), pero pedí suero sin hielo y Leo una malteada.

—¿Siempre te vistes como para ir a un funeral? —preguntó sin saludar.

—Casi siempre.

—Se me hace triste.

—Bueno, por un rato probé usar otros tonos y no me acostumbré, un exnovio que tuve me trató de convertir al color —expliqué incómoda, mientras miraba su camiseta verde, gorra rosa y el suéter rojo que llevaba sobre sus hombros—. A mí me gusta el negro.

—Y yo… Se nota que no sé combinar colores —dijo riendo.

—¿Quieres contarme de ti? Prometo nunca volver a citarte en un parque.

Los dos reímos y callamos. Malteada, suero, canasta de pan. Pregunté si no le molestaba que comiera, los nervios me daban hambre y pedí enchiladas suizas vegetarianas.

—La primera vez que me sentí atraído por un niño, yo tenía doce —dijo.

—¿Y el niño?

—Cuatro o cinco. Vivía en la misma unidad que yo.

—Eran vecinos.

—Sí.

Se volvió a hacer silencio. Mucho que preguntar, pero todo sonaba demasiado personal. Y lo era.

—¿Qué sentías?

—Confusión. Lo veía jugar en el patio. Su mamá o su hermana lo llevaban.

—¿Lo veías desde lejos?

—¿Cómo?

—Pues ¿te le acercabas?, ¿le hablabas?

—No, claro que no.

Mi mente le puso la cara de Pascual a ese niñito por el que Leo se sentía atraído. La cara del Pascual que conocí cuando Dafne y yo nos mudamos a la casa de los espejos. A Leo no podía imaginarlo de doce; su silueta se fundía con la silueta del papá nuevo. No sé qué gesto hice, qué tono de voz usé, pero supe que Leo notaba mi asco. Quiero decir, el horror y repulsión brotaron de forma maquinal. Mi quijada se congeló.

—Nunca quise esta mierda —dijo Leo—. Por eso me uní al grupo.

—¿Cómo se te ocurrió?

—Mi papá me mandó a Denver y había un doble A cerca. Pensé que tendría que haber un grupo de ese tipo, pero para lo que yo tenía.

—¿Qué tenías? Dijiste que no les hacías nada.

—Usaba porno.

Llegaron las enchiladas, yo ya no tenía ganas de comer. Igual, comencé a desgranarlas con el tenedor, y en cuanto las probé, volvió el hambre por ansiedad.

—Desde los quince empecé a bajar fotos. —Siguió Leo—. Traté de dejar de hacerlo miles de veces, pero siempre volvía. ¿Te ha pasado?

—¿Tratar de dejar algo y no poder? Ufff, claro. Supongo que a casi toda la gente.

—Cuéntame.

—Pues… La comida.

—No, Guinea. Algo que tenga que ver con sexo.

—¿Cómo qué?

—No sé. Algo de tu exnovio ese que te trató de convertir al color.

—No me gusta hablar de él.

---------------------------- **Forwarded message** ----------------------------
From: Vampir@ Sonámbul@ <vampirosonámbulo@hotmail.com>
Bcc: ...
Subject: Adolescencia. Recuerdos del año 2000
IP Address: Colorado
Date: Sat, Dec 1, 2012 at 3:44 PM

La música retumbaba en el suelo, igual que el pulso en mis sienes y en el cuello. Ganas de rajarlos. La fiesta estaba llena de los mismos de siempre, la incomodidad de siempre. Paloma no fue; Iván hablaba con alguien poco interesante, intentaba incluirme en la conversación, pero yo no quería estar ahí. Me perdí entre los otros, los que no son mis amigos y los que quisiera que lo fueran.

Buscaba a Ponchito, ¿dónde se había metido? Las tardes en el colegio, los recreos, las fiestas, todo se había convertido en buscarlo, en esperarlo, verlo pasar, intentar cruzarme con él, descubrir si su mirada escarbaba en la mía. Y en la fiesta, a medida que la noche avanzaba y la gente se dispersaba por la casa, yo seguía igual, obsesionada, distante de Iván y dando vueltas como si fuera un mosquito, pero siempre buscando a Poncho.

Fue hasta que entré a la cocina a servirme algo más para tomar que nos encontramos. Mientras yo buscaba un vaso limpio entre los estantes, sentí su mirada. Estaba parado cerca de la puerta, viéndome como si esperara algo;

sentí que el resto del mundo desaparecía y lo único que me importaba era estar con él, mantener su atención en mí, y su sonrisita me hizo pensar que él quería lo mismo.

—¿Te perdiste? —preguntó, moviéndose hacia mí sin prisa.

—No. Quiero algo de tomar.

—Yo te sirvo, Guinea —dijo mientras se acercaba más y tomaba una botella de la barra de la cocina.

Poncho es del tipo que no pide permiso para hacer las cosas. De alguna manera, eso me gustaba, pero me hacía sentir una pulga.

—¿Sabías que Iván está molesto? —le dije.

—¿Molesto por qué?

—Por lo que cree que está pasando entre nosotros —dije, señalándolo a él y luego a mí.

—¿Y tú sabías que Iván está aburrido de todo esto?

—No me importa lo que Iván piense.

Se acercó hasta rozarme con la pelvis. Claro que no te importa, me dijo al oído, lo que te importa soy yo. Me quedé callada a pesar de las ganas de reírme de él y contestarle que quién se creía que era. Pero tenía razón y no me moví. Lo vi cerrar la puerta de la cocina y empujar la mesa del centro para bloquearla.

—Todo mundo se va a dar cuenta de estamos encerrados aquí. Solos —dije.

—¿No decías que no te importaba?

Acomodó mi pelo detrás de las orejas y acarició mis *piercings*. Se me quedó mirando, yo lo besé y me devolvió el beso. Quiso quitarme los pantalones, no lo dejé. No porque no quisiera, sino porque deseaba que me tomara en serio.

Fajamos ahí, recargados en el refrigerador. Se vino en mis manos y me sonrió diferente, con una sonrisa que no era del todo amistosa, pero tampoco cruel. Dejó de mirarme como yo quería que me mirara, distinto a cuando acarició mis *piercings*.

—¿Me vas a llamar mañana? —pregunté.

—Oye, Guinea. Sé que tú jamás vas a decir nada de lo que pasó aquí.

—Nada. ¿Y tú?

Durante los días siguientes, fui sintiéndome cada vez más incómoda. Poncho no me llamó, aunque en ese momento pensé que era porque no tenía mi número. Le escribí de nuevo una carta a Pascual, aunque sabía que no me respondería. Pero ahí le conté todo lo que estaba pasando y la ilusión que sentía de llegar el lunes al colegio y ver a Poncho.

El lunes estuve esperándolo en el patio del colegio, me saludó apenas. No cruzamos palabra en toda la semana y yo me pasé los días intentando coincidir con él en la cafetería, la biblioteca y en la salida. Cada vez que me cruzaba con Paloma, me preguntaba qué me pasaba. Yo me hacía la tonta, pero ella no necesita que le dijera nada para saber.

—Guinea, ¿estás bien? —me preguntó a la salida del colegio—. No tienes que contármelo, solo quiero saber si estás bien.

—Sí, ¿por qué lo dices?

—Te ves rara. Como a punto de ponerte a llorar.

—No he estado muy bien con Iván.

—Bueno, se entiende.

—¿Por?

—Me imagino que algo le habrá dicho Poncho.

—¿Qué tiene que ver?

—Pensé que sabías… Hay un chisme por ahí. Según Maeva, Poncho ha estado diciendo que te le lanzaste en la fiesta del sábado.

—¿Cómo que me le lancé?

—Pues eso. Que lo besaste y él no se dejó.

—¿Qué más dice?

—Nada más. Que no pasó nada, pero que tú querías.

—¿Y tú le crees?

—Te creo a ti.

Después de despedirme de Paloma, fui a casa de Iván. No tenía ganas de estar con él, y al mismo tiempo moría por estar con él. Era el único que podía ayudarme a borrar la obsesión con el otro pendejo. Apareció Casilda en la puerta y me abrazó como siempre. Tenía ganas de contarle lo que Poncho me había hecho, las mentiras que había dicho. Todo lo que dice Poncho es mentira, me repetí; tenía que creérmelo.

—¿Qué se te antoja para nuestro aniversario? —fue lo primero que me dijo Iván al verme, mientras sacaba unos frijoles explotados del microondas.

—No sé. Falta mucho.

—Un mes.

—Es muchísimo, Iván

—No es nada —dijo y caminó hacia la tarja—. ¿En serio no has pensado en algún plan?

—No, te juro que no. ¿Quieres que limpie el micro?

—Ahorita lo limpia mi mamá. Oye, yo sí sé qué quiero. Me gustaría que tú decidas, pero como no lo vas a hacer —me atrapó con las manos mojadas, llenas de jabón—, vamos a ir a Reino Aventura. ¿Te imaginas subirte borrachísima a los juegos?

Calentamos Maruchan y la comimos encerrados en el cuarto. Se puso el *hoodie* lila y empezó a hacer sonidos chistosos. Como de fantasma. Movía sus dedos que flotaban hacia mis axilas.

—¿Ponemos *Trainspotting*? —propuso emocionado.

—Detesto esa película.

Se me quedó mirando confundido. Estoy segura de que pensó en Poncho, pero no lo dijo. En lugar de *Trainspotting*, puso *Rescate 911* y se quedó dormido con su *hoodie* puesto.

En esos momentos me gustaba espiar entre sus cosas. Cigarros, fotos que le regalé de un viaje con mi mamá, cartas mías, mota, cartas de su exnovia Andrea que según él había meado y quemado. Encontré también una página en su cuaderno de civismo. *Chistes para hacerle a Guinea.*

Si se muere una pulga, ¿a dónde va? Al pulgatorio.

¿Qué le dice un gusano a otro gusano? Voy a dar una vuelta a la manzana.

¿Qué hay peor que encontrarse un gusano en una manzana? Encontrarse medio.

¿Por qué la gallina cuida tanto a sus pollitos? Porque le costó un huevo tenerlos.

¿Qué le dice la foca a su madre? I love you, mother foca.

¿Qué le dijo una pulga a otra pulga? ¿Vamos a pie o esperamos al perro?

Verlo dormir me aburría. No vine a esto, idiota.

Hice ruido, subí el volumen de la música y nada.

Tiré un vaso, despertó. Nos besamos suave.

Me gustaba poner atención a lo que hacían nuestras lenguas, se sentía en todo mi cuerpo, hasta en las plantas de los pies. Si de pronto me besaba junto a la boca en lugar de en la boca, una horda de hormigas parecía caminar por mi cuello y cabeza. Mordí su labio inferior, él me lamió un poco la lengua y las sacamos al mismo tiempo. Nos lamíamos igual que los gatos, lamer, lamer, lamer. Desabotonó mi camisa, bajó mis pantalones. Como siempre, es lo único que me dejé quitar, aunque hiciéramos como que hacíamos el amor. Pero con la ropa interior puesta.

Pensé en el aniversario, faltaba un mes. Le di un trago a la botella de Oso Negro y me quité los calzones; Iván me miró sin moverse. Le sonreí, y entonces se quitó los suyos.

—Iván.

—Dime, mi vida.

—Nunca me habías dicho así.

—Mi vida, mi vida —repitió y sentí bonito.

—¿De verdad me quieres? ¿No piensas nada malo de mí?

—¿Qué podría pensar de ti que fuera malo? Te quiero.

Se quedó mirando mis muslos rayados: corte tras corte ya cicatrizados, pero ahí todavía.

—Desde que somos novios, quería preguntarte más por esos cortes. ¿En serio lo haces dormida?

—No me gusta hablar de eso. No ahorita.

—Entonces, ¿cuándo?

—Mañana.

Iván me acercó con suavidad, besó cada una de esas rayas. Tuve ganas de llorar. En vez de eso, tomé otro trago y sentí una de sus manos entre mis piernas. Me gustaba, lo dejé hacer.

Sentí que lo amaba. ¿Lo amaba? ¿Cómo podía ser si hacía unos días lo detestaba? De pronto, me emocionó cumplir un año juntos. ¿Y si cumpliéramos más? Hay personas que se casan con su primer novio. Es lindo, eso. Sería lindo, pensé.

Disfruté cómo me tocaba.

Hasta que no.

Hasta que hizo una cara que no entendí y me quedé quieta.

¿Qué pasa, Guinea?

Sus palabras eran viscosas. No contesté y él siguió.

Sentí mucho, me acalambré y seguí quieta.

¿Qué pasa, Guinea? Contéstame, sé buena…

Sus palabras se me encajaron, cien espejos quebrados, reflejos púrpuras en los muros, un *hoodie* lila, girasoles, olor a nardo y jabón, sus dedos de uñas negras, pelo oscuro, el aliento a alcohol.

¿Guinea? Di algo.

El odio apareció y no pude moverme, seguí inmóvil,

¿Guinea?

Por fin pude hablar, perdón Iván, y quité su mano.

¿Qué pasa, Guinea?

Lo empujé, una y otra vez.

Te amo, Guinea,

y lo único que alcancé a decir es lárgate,

no me empujes, dijo, todo iba bien, no me empujes,

y lo único que alcancé a decir es, me das asco.

Estás loca, Guinea…

Sí, estoy loca. ¿Y sabes qué? Jálatela tu solo o jálatela con mi foto.

Salí de su cuarto y llamé a mi mamá. No pude ver a Casilda a los ojos, la odié también y entendí que Iván y yo no íbamos a cumplir un año juntos, que no iba a volver a darle la mano ni a decirle hola.

Dafne llegó por mí.

El miedo vendría después, cuando estuviera sola. De noche. De día también.

Un miedo nuevo con forma de luces, olor a mar y vino, recuerdos púrpuras que no se anuncian.

Dafne: Mija, ¿ya estás en México?

Los correos de Pascual siguen llegando. ¿Te llegan a ti? ¿Los lees?

Te pintan distinta. ¿Es verdad lo que dicen?

También le gustaría aprender a llorar, pero no se le daba. No estaba hecha para vaciarse. Ambos habían construido en su corazón una fortaleza medieval, adornada de austeridad y de valor, no sin amor, no sin voluntad, no sin culpa y menos sin tristeza.

Magela Baudoin

A veces me descuido y pienso que puedo pasar tiempo con Dafne de forma impune. Olvido que cada palabra que pronuncia me enoja, la maquillo, la resignifico de todo aquello que pasó, que no pasó (pero yo hubiera querido que pasara), y de lo que ella olvida. Y aun así, me pregunto por qué estoy cansada todo el tiempo, por qué quiero dormir tanto y por qué detesto despertar.

Dafne sabe sorprenderse, una y otra vez, de cosas que le suceden hace décadas. Se asombra de situaciones que vivimos, pero olvidó. ¿Tendrá un botón adaptado para no registrar memorias según su gusto? Caras y nombres de personas que no le interesan del todo, películas ya vistas (dos o más veces), libros leídos que quiere volver a leer como si fuera la primera vez, un par de abusos (esos los filtra de forma desigual) y chingaderas de amigas o familiares a los que quiere perdonar a huevo (a veces dice *tiene cosas buenas a pesar de ser un* —por decir— *violador*, y habría que considerar esas *cosas buenas* a su favor, supongo).

Lo que Dafne no olvida son momentos felices, chistes y melodías que le gustan. Ama sentirse alegre y puede recordar la letra de cualquier canción por años. Tampoco olvida a los animales que la han acompañado (incontables perros, gatos y algunos periquitos y hámsteres) ni lugares a los que ha viajado, así sea el pueblo más remoto, una parada esporádica en una ciudad borrosa o aldea perdida y rancia, tampoco restaurantes, sitios arqueológicos, museos o tienditas visitadas en cada uno de esos viajes, incluyendo las especias que dan sabor a la comida (por más simplona o mierdera que haya sido), no olvida olores, un buen gesto, colores, una sonrisa o regalo.

Así es Dafne. Una parte de ella, porque no se lo creo todo. A veces envidio esa capacidad suya de ignorar, de borrar, como cuando estuvo a punto de morir. Tenía cuarenta y cinco años y se despidió de mí convencida de que no nos volveríamos a ver. No estés triste ni un segundo, dijo, sonríe, Guinea, mi vida ha sido maravillosa, bella, ¿te acuerdas de los postres libaneses que comimos en Tixkokob? Atiborrados de mantequilla y miel, se nos pegaban los dedos. Y esos jitomates tan dulces, el habanero y las tostadas negras, ¡cómo los disfruté! Guinea, no llores. Conocí los lugares que siempre quise y los conocí contigo, Guinea. Escribí todo lo que quise, mis ensayos se leen, ¿qué más puedo pedir? Por mí no llores nunca, he sido muy feliz.

¿Se lo creo?

Yo que siempre estaba enojada con Dafne y ahora me aferraba a que viviera y se quedara conmigo, carajo, me aferraba con mi existencia entera, y aunque Dafne no murió, la enfermedad la persiguió como jauría de hienas. Aun así, mantuvo la expresión de autoridad, de saberlo todo, que me enoja tanto, que me enojaba desde niña y que borraba mis palabras como si fueran agua tibia. Su cuerpo debilitado tampoco mermó la capacidad de exigirme una sonrisa, de exigirme que quite mi *cara de fuchi*.

En cuanto se recuperó un poco del primer ataque de su extraña enfermedad, me contó de aquella vez, cuando tenía seis años, en que su papá le pidió que pretendiera que era un día normal. Le pidió que se bañara, fuera a la escuela con su hermana Berenice, y volvieran como todos los días. Ese día, Dafne y Berenice comieron y cenaron solas y la mañana siguiente pretendieron de nuevo que todo era normal, fueron a la escuela y volvieron a casa. La única diferencia es que su madre ya no estaba, había muerto la noche anterior.

Dafne y Berenice nunca pudieron despedirse de su propia madre, no fueron invitadas al funeral ni al entierro. Lo importante en la casa de mi abuelo era sacrificarse y pretender que cada día era un día normal.

---------------------------- **Forwarded message** ----------------------------
From: Vampir@ Sonámbul@ <vampirosonámbulo@hotmail.com>
Bcc: ...
Subject: Memoria de adolescencia
IP Address: Colorado
Date: Sun, Dec 2, 2012 at 1:03 AM

Fue un viernes lluvioso y verde de verano. Las palmeras de la ciudad brillaban como en un folleto de publicidad, esos de papel abrillantado; millones de flechas se clavaban en el suelo de concreto, la lluvia caía con toda su fuerza y estruendo.

Apenas me atreví a levantar los ojos de los inmensos platos atascados de arroz frito, pollo Kung Pao, Chow Mein y pato laqueado que el señor había pedido. Ordenó de todo para darme gusto a mí. Nuestro primer encuentro en toda la vida, y en vez de especial, di la impresión de ser una tonta indecisa media muda. También aburrida. Nada que contar. Siempre dudo si soy anodina, si los demás lo piensan. Si tengo algo malo adentro y va a salir de pronto, se va a derramar sobre la mesa y el suelo en el peor momento, frente a alguien importante. Como él.

Quería verme bonita y no me gusté. Y es que elegí una camiseta color vino con un sol plateado en medio, un estampado horrible que me hacía ver gorda. En realidad, la noche anterior me gustaba. Tampoco pude escoger nada del menú. Primero, porque estaba nerviosa de elegir algo que a él no le encantara. Segundo, porque soy vegetariana y se me quitó el hambre en el momento que vi la carta. O tal vez desde antes, desde que llegó por mí. Cuando lo vi entrar por el elevador. Y no es que tuviera algo malo. Es simpático, muy sonriente, hasta gracioso.

Pero no sé. Mis manos no pensaron lo mismo. Temblaban. El aire no entró bien a mis pulmones, mi párpado izquierdo vibraba. El esfínter se contrajo de forma automática y quise huir.

—¿Te gusta tu escuela?

—No mucho.

—¿Por qué? ¿Los maestros?

—Casi no tengo amigas aparte de Paloma, y se va a cambiar a otra prepa.

—Si quieres te meto al club Mundet. Ahí yo hice muchos amigos a tu edad.

—No sé.

—Hay una albercota, podrías nadar. Eres como yo, te jorobas.

—Eso dice mi mamá.

—Yo era un poquito jorobado. Igual que tú.

—¿En serio?

—En algo teníamos que parecernos. Después de todo, soy tu papá.

Es muy alto. Aunque no se parece al papá de Pascual, los dos se ven señores fuertes, de voz ronca. Quién sabe qué otra cosa tendrán en común.

Miré otra vez mi reloj. La comida pasaba lenta, el tiempo no avanzaba. ¿Los minutos van más rápido mirando las manecillas o sin mirarlas? A veces creo que pasan más lento si no las miro, otras veces siento lo contrario. Es un experimento que hago desde hace mucho y todavía no sé la respuesta.

—¿Te gusta el pato?, ¿te sirvo un poco de todo?

—Bueno. —Acepté por ser amable.

Le llevé fotos de cuando era niña. De cuando cumplí ocho y mi mamá me llevó a desayunar a Bondi, de mi primera comunión y luego de la herida en la cara de Pascual, de los viajes a Acapulco. En todas aparezco sonriendo; a veces, aunque los demás estuvieran serios, yo siempre lograba sacar una sonrisa para Dafne.

—Se nota que estabas contenta. De pequeña. Una niña feliz.

—Sí.

—¿Quién es ese niño?

—Es Pascual, mi hermano. Bueno, hermanastro. Pero ya no lo veo, vive en Estados Unidos.

—¿Y no tienes medios hermanos o hermanas?

—Mi mamá estuvo embarazada, pero regaló a la bebé.

—¿Cómo que regaló a la bebé?

—Bueno, no. La dio en adopción. —No me gustaba decir la verdad. No me gustaba pensar en que había muerto dentro de la panza de mamá.

—¿Y cómo pasaste el año nuevo? ¿Hicieron algo especial para recibir el nuevo siglo?

—Fuimos a la casa de Monique, una amiga de mi mamá —contesto decepcionada de que no me preguntara nada sobre Pascual.

—¿Y qué es lo que más te gusta hacer?

—Leer. Antes me gustaba estar con mi novio.

—¿Cómo se llama tu novio?

—Iván, pero ya no somos novios. ¿A ti qué te gusta?

—Nadar, andar en bicicleta. También me gusta leer.

—¿Tienes amigos?

—Muchos. Te quieren conocer.

—Bueno…

—Oye. ¿Y cómo te llevas con tu padrastro?

—Ya se divorciaron, él y mi mamá. Nos cambiamos apenas este año al departamento que conociste.

—Sí, Dafne me dijo. ¿Pero te llevas bien con él?

—¿Mamá no te contó nada?

—¿Nada de qué?

De regreso a casa, escribí una carta para Pascual. Él tenía que saber que yo había conocido al original, decirle cómo era y decirle que nada de las cosas que nos habíamos imaginado eran ciertas.

Luego, me serví un cóctel revuelto de tequila, vodka y ron del bar de mi mamá, aprovechando que ella no estaba. Me dio sueño, me acosté en su cama.

No tengo ganas de tener un papá nuevo.

Aunque este sea el original.

Pascual: ¿Por qué no me contaste que te viste con Leo?

Al final sí voy a México. Llego a finales de diciembre. Dafne me invitó a Acapulco.

¿Tú?

No le digas nada. Ella cree que no hemos hablado, quiere que mi visita sea sorpresa.

---------------------------- **Forwarded message** ----------------------------
From: Vampir@ Sonámbul@ <vampirosonámbulo@hotmail.com>
Bcc: ...
Subject: Recuerdos de casa
IP Address: Colorado
Date: Wed, Dec 5, 2012 at 2:01 AM

¿Hacer la primera comunión? No siento nada. Hay que comer poco, un vaso de agua cada que da hambre, Guinesita. Intento, pero si él no me ve, yo a Toña le pido agua de limón con azúcar (el azúcar es lo peor), o Pascual me trae algo bueno del refri (la grasa también es lo peor). Pero me vigila, el vampiro. Paloma lo nota. Haz como que no está ahí, digo. Tal vez él quiere que lo mires, Guinea, tal vez quiere que digas algo. Ignóralo, ordeno. Es difícil por eso de los espejos; puedes verlo, pero también puede verte a ti viendo.

Mamá igual aplica el truco del agua; come (a escondidas) malvaviscos rosablancos de fogata. Con el embarazo da más hambre. Mordemos uno rosa, uno blanco, blanco, rosa (yo prefiero todos blancos y Pascual rosas). No me siento bien luego de comer, Miqui hace otra voz, voz enfadada: te espío, dice, mientras me prueban el traje de primera comunión. Veo todo lo que haces, Guinea, todo lo que hiciste, lo que planeas.

Se hinchan mis cachetes hámster en el espejo, mi cuello pavo. No quiero hacer la primera comunión, me tiro el agua encima. Agua de limón.

No pasa nada, viene Toña, rápido lo lavo señora Dafne, rápido, rápido se desmancha. Veo la quijada de mamá echada hacia adelante, puños apretados. A veces, busco que se enoje mamá. Igual, pobre Toña. A lavar todo otra vez, otra vez todo por mi culpa. *¡Para eso está Toña, chingaos!*, grita el vampiro desde la puerta y se acerca a acariciarme, toca mi pelo, mira mi vestido mojado. Si tú no hicieras tiradero, Guinesita, si no ajeraras, la anciana no tendría trabajo.

—¿Anciana? —dice mamá riendo—, si Toña es más joven que tú.

—Con las mujeres es diferente, gorda.

¿Eso de que Toña no tendría trabajo? Con tanto *Kleenex*, pastillas y botellas que tira el vampiro, calzón sucio, corchos, la cama cubierta de charolas, galletas, corcholatas, teléfonos inalámbricos, copas, ropa interior cada día, cada noche, no hay donde poner ni un cuaderno, todo tirado, todo revuelto, da horror.

El vampiro quiere todo limpio, espejos limpios, copas limpias, hervidas, y que Toña limpie tras de él. Quiere subirse a su máquina de gordos donde Toña le lleva jugo de carne, vino y vitaminas, y es que, para jugar a eso que más le gusta, hay que quemar grasa. Debajo de la ropa se esconde la grasa, Guinesita, y entonces jugamos a quemarla, aunque yo diga no (porque la grasa es lo peor y porque cree que digo *sí* cuando digo *no*).

—Ya va a ser mi primera comunión —le digo a Pascual.

—¿Te pusiste a dieta?

—Piensas que soy una gorda.

—No hagas la primera comunión, Guinea.

—¿Tú no la hiciste?

—Hay reglas.

—Ya lo sé —digo—. Tomar agua. Comer berros.

—Ser virgen.

—¿Una Virgen?

—¿No sabes lo que es ser virgen, babosa?

—No.

—Ser virgen es que no te metan nada por tu cola.

Nada por tu cola. El vampiro odia que comamos fuera de horario. Odia que comamos fuera de menú. Si obedeces nunca vas a ser una gorda, Guinesita; nunca vas a ser de esas gordas melolengas a las que nadie quiere. Mamá escucha y opina que la gente gorda huele a grasa, que la gente gorda es infeliz, nadie los quiere. Quedarme mini mini mini. Todo es mejor pequeño, chico, flaco. Al vampiro le masajean la panza para achicarla. A Pascual lo llevan al médico para achicarlo.

Un día antes de la primera comunión, Mechita y Paloma vienen a verme (con la condición de hacer la tarea). No la hacemos para nada, excepto Mechita (perfecta y flaca). Hay que jugar con las dos al mismo tiempo. Toña hace pasta. Óyeme bien, Toña, no quiero a la niña gorda, dale sopa de verdura. Papas fritas, no. Pasta, no. Mantequilla, leche y pan, no. Si me la pones grandota, como hiciste con el niño cochinote, Toña, te la cobro como nueva. Siempre me da miedo que Mechita y Paloma se hagan amigas. Pascual dice: es mejor que se odien, así cada una te prefiere a ti. A Mechita le digo que Paloma le quiere arrancar sus pelos amarillos; a Paloma, que Mechita se roba los juguetes y huele a pun. Ojalá se odien toda la vida, hasta que sean viejas.

Desde la alfombra, tumbadas, esa tarde las tres flotamos en el techo, y guau, somos sirenas con crines largas; en los espejos a veces soy flaca, a veces gorda. Espejos locos, vemos un canal prohibido en la tele, mujeres desnudas corren con un tigre detrás, les vemos sus bustos enteros brincar, se suben a un bus que las lleva a la playa, les vemos sus colas con pelos. Paloma y yo reímos.

Mechita arruina todo.

Apaguen la tele, eso es del diablo.

Las voy a acusar.

Siempre dice cosas de esas, pero yo no apago la tele y Mechita le avisa a Toña. Esas son cuatro letras, niñas, y noto que Toña no se enoja, Toña ríe, pero igual apaga la televisión.

A Paloma la dejan quedarse a dormir. A Mechita no. Su mamá la *barbie* Lory siempre dice: no. La abuela falsa dice: no, no y no. ¿No quieren que Mechita juegue al juego del vampiro? ¿No quieren que se quede quieta como muerta? ¿Con una almohada tapándole la cara? De todas formas, mamá no da permiso y nadie se queda, hay que descansar, estar frescas en la primera comunión. Me quedo triste, testri, tistre, tigre, un tigre que viene detrás y todo por la culpa de quién.

tú eres el perro tú eres la flor que ladra
afila dulcemente tu lengua
tu dulce negra lengua de cuatro patas

Blanca Varela

Fui al grupo por mi miedo a la promiscuidad y mi obsesión por llegar más lejos. Tocar el filo de la navaja. Aunque la persona ni siquiera me guste. Sobre todo, si no me gusta. Si me repugna, si apesta por dentro y usa a otros cuerpos y habla de ello conmigo.

Fui al grupo por mi necesidad de afecto rancio, de atención que se tuerce. Yo ya iba a doble A, sabía que algunos compas también iban a Adictos al Sexo. Encontré uno de estos grupos lejos de mi casa, más lejos aún del trabajo, y fue ahí donde conocí a una mujer a la que le llamaré Ana.

Yo quería ser Ana. Reía mucho, se paraba al fondo a fumar y al final de las juntas los compas la rodeaban, oían lo que fuera que tuviera que decir; daba la impresión de ser feliz, su risa contagiaba. Yo quería ser ella, carajo. ¿Has sentido verdaderas ganas de no ser tú? Todos la rodeaban como perros, si querías llamar la atención empezabas por Ana. De unos cuarenta, por momentos se veía de treinta, y otras, cuando estaba seria, parecía mayor.

Yo en ese entonces habré tenido veintiuno, me sentía un moco. Ana era una luz de la que quería robar un poco. Era interesante. Bonita, no. Atraía como abeja a una lata de Coca Cola.

Un día, Ana se paró en la tribuna y dijo que se cogía a algunos de los compas de ahí. A todos los que se dejan, dijo, me gusten o no. Guapos, desagradables, limpios, puercos, no importa. Mi intención es parar y no puedo. Llevo años haciendo esto con los que van y vienen, son pocos los que se quedan en el mismo grupo por mucho tiempo; con los amigos de mi pareja hago lo mismo. Con los que se dejan a pesar del riesgo y la culpa.

Mientras hablaba, algunos de los compas reían o se codeaban. Otros muy serios, miraban al suelo. Nadie fue indiferente. Cada una de las palabras de Ana golpeó. Insoportable. Me paré al baño a meterme los dedos en la garganta. Y es que cuando estoy ansiosa, siempre pienso en vomitar. Hoy casi no lo hago, pero lo pienso. Y no solo hubo angustia, también admiré la honestidad de Ana: un magneto y a la vez un repelente. La vi salir sola por primera vez, quise alcanzarla, pero ¿qué iba a decir?

Anduve varios días ansiosa, con la caja de cerillos entre las manos. Se me ocurrió ir a un doble A lejos y contar la historia de Ana delante de otros. Cambié detalles: dije que eso de cogerme a los que se dejaran lo hacía en otro grupo y quería parar. Mientras pronunciaba las palabras de Ana, ahora mías, me enfocaba en las miradas, en cómo me atendían solo a mí, en cómo lo que yo decía era imán, su única verdad: real, especial, en ese instante se tragaban cada una de mis palabras como pastillas dulces.

Cuando la junta terminó, un tipo se acercó a decirme que tenía el mismo problema y que iba a grupos para atender *eso*. Tenía la espalda ancha y los brazos fuertes; de lejos parecía de tez muy blanca, pero de cerca se revelaba un vitíligo bien agresivo. Pequeñas partes de su piel eran todavía café oscuro; en su frente y cuello arrugados, subsistían manchas de lo que había sido su tez. Llevaba manga larga, las manos dejaban ver distintos tonos de rosa y varios tonos de marrón. ¿Cómo se vería el resto de su cuerpo? Me fijaba en sus pestañas blancas y tupidas, cuando me invitó a tomar algo. De preferencia sin alcohol, dijo en broma; podemos apoyarnos, hablar de nuestro tema, bla, bla, bla.

Okey.

Cada quien llevó su coche y nos encontramos en el lugar, un Café Society cercano. Bebimos café. Mientras el tipo hablaba de sus hijas adolescentes, del poder superior y lo difícil que es soltarle el control a Dios, empecé a sentir que me sobaba por debajo de la mesa. Primero la pantorrilla con una de sus piernas; luego, el muslo con sus manos. Sin control. Sin importar que la gente lo notara. Me quedé quieta y tuve unas ganas intensas de irme con ese hombre y de ya no regresar. Que me lastimara el cuerpo con esos brazos, carajo, hasta dejar de existir. No imaginé los detalles, solo las noticias tres días después, en las que, de alguna manera difusa se sabría que yo ya no existía, que nadie podía alcanzarme.

Nada de eso sucedió. El tipo vivía con su mujer y no tenía dinero para un motel. Yo invité el café.

Esa fue la anécdota sexual que le conté a Leo. Me preguntó si volví a repetir la historia de Ana en otro grupo; contesté que no.

—Ay, Guini—dijo Leo después—. ¿Y te atraía el tipo del vitíligo?

—Eso nunca ha sido relevante. Estoy entrenada a preocuparme de ser yo quien le gusto al otro, no al revés.

—¿Y por qué crees que hiciste todo eso? ¿Para qué?

—Estaba desesperadamente sola. Tal vez quería usarlo, al tipo.

—¿Usarlo de qué manera?

—Probar si mis palabras tenían efecto. Sentirme real.

—¿No tuviste miedo?

—En la casa de los espejos todas las noches tenía pánico. El miedo es algo normal. Tal vez una adicción.

—¿Sabes qué creo, Guini?, que tratas de reparar algo castigándote. A lo mejor que habías arruinado el matrimonio de tu mamá. Según tú.

—¿Y tú? Hablemos de ti, Leo. —No pensaba dejar que me hablara de Dafne. Eso no.

—Yo intentaba evitar daños. Según yo.

—Explícame.

—Ver porno era la mejor manera de controlar mi deseo.

—¿Cómo? ¿Ver porno no prende más?

—Primero sí, pero se pasan las ganas. Te la jalas y acaba el asunto, sin haber lastimado a nadie.

—¿Pero qué tipo de pornografía veías?

—Ya sabes.

—No, no sé.

—Niños. Niñas. A veces bebés.

Toda mi cara ardió. Mis piernas volvieron a la cabalgada y me costó trabajo hablar.

—Carajo, Leo. Eso no es pornografía, eso es un delito.

—Esos videos ya existían desde antes y no estaba pagando por casi ninguno.

Sentí el esfínter contraerse, empecé a tener unas terribles ganas de vomitar.

—¿No pensabas que…? Que los niños o bebés son de carne y hueso —dije con dificultad.

Leo bajaba fotos y videos de niños y niñas de entre uno y nueve años. La mayoría provenían de un foro clandestino gratuito para personas interesadas en este tipo de material. Leo no revisaba nada sino hasta que ya lo tenía todo guardado en su computadora y se desconectaba de la red. Entonces iba abriendo las fotos y los videos poco a poco hasta que se aburría y eventualmente buscaba nuevos.

—¿Estás bien, Guini?

—¿Eres tonto? Lo que dices es el mismo tren de pensamiento estúpido que creer que comer carne no lastima a los animales porque la carne ya está en el súper.

—Guinea, pareces la ciberpoli. Me estoy sintiendo de la verga. Muy juzgado.

—Guau, ¿ahora tú eres la víctima, Leo? No sé qué decirte.

—¿Lo dejamos aquí?

Puse un billete sobre la mesa y me levanté. Estaba por salir del lugar, cuando Leo me alcanzó y me pidió que me quedara.

—Parecía que los niños lo disfrutaban —se atrevió a decir, sosteniéndome la mirada.

—No lo disfrutaban, Leo. No lo disfrutan.

En una de esas ocasiones en las que bajó material de la red, Leo guardó un video que lo afectó para siempre.

—¿Qué viste, Leo?

—Eso no importa. Lo que importa es que ver ese pinche video fue lo que me hizo querer dejar la pornografía. Al chile, eso fue.

—Y ese video del que hablas, ¿salió del mismo lugar de donde siempre sacabas los demás videos?

—De *BabyLolita+Dead*. El nombre de la página me prendió.

Pfff. Cuando dijo eso desee rajarle la cara, las manos, sacarle los ojos. De verlo mojado en gasolina y prenderle fuego.

---------------------------- **Forwarded message** ----------------------------

From: Vampir@ Sonámbul@ <vampirosonámbulo@hotmail.com>
Bcc: ...
Subject: Accidente, hechos ocurridos en 1992
IP Address: Colorado
Date: Sun, Dec 09, 2012 at 3:03 AM

De camino al hospital, mamá maneja y grita ¿por qué Pascual haría algo así a propósito?, ¿por qué, Pascual? *Barbie* Lory sigue muda, no contesta, aunque Toña está segura de que ella es la que dijo lo del "a propósito".

—Que no fue a propósito, Dafne —repite como perico la abuela falsa desde el asiento trasero; junto a ella, va Toña sosteniendo a Pascual todo ensangrentado—, ¿cómo va a desgraciarse la cara a propósito?

—¿Por qué, Pascual?, ¡por qué! —grita mamá, rebasando coches por la derecha y la izquierda.

—No, perdóname, Dafne, pero yo nunca sugerí eso del a propósito —insiste *barbie* Lory desde el asiento del copiloto.

—¿Y por qué no vino su papá? —se queja mamá—, ¿qué no le importa su propio hijo?

—Cómo dices eso, Dafne —responde la abuela Tita justo cuando llegamos al hospital—, alguien tenía que quedarse con tus invitados, ¿no?, porque la fiesta era de tu hija, ¿o no?

Mamá baja corriendo, rodea el coche y se lleva a Pascual. Yo me quedo con la tía Lory, la abuela falsa y Toña, que se pasa al lugar del conductor y estaciona el auto. Luego, las cuatro bajamos y trato de alisar mi vestido de comunión, que ya va todo arrugado.

Vamos a la sala de espera en emergencias donde nos sentamos, Toña alisa un poco más mi vestido (que se ha salpicado de sangre) y Lory me pregunta si quiero algo o si necesito ir al baño. Ganas no me faltan de darle una patada en la cara, a la *Barbie*, por decir que mi hermano se quiso lastimar adrede. Y aunque me preocupa mucho Pascual, la verdad es que también tengo hambre y pido una Coca-Cola, Barritas de piña y Cazares de la maquinita. Mamá me deja comer eso, aclaro. La abuela aprieta sus gordos labios, Toña no dice nada y *barbie* Lory trae lo pedido. Empiezo a comer en silencio. Las lágrimas hacen que todo me sepa a mar de Acapulco (además de oler a medicinas). Tita se pasea frente al mostrador esparciendo su olor a *Anaís Anaís* y exige informes que no dan, aunque una de las enfermeras me felicita por mi comunión; Toña me acerca un *Kleenex* y acaricia mi pelo mientras cuchichea con Lory.

—¿Está segura?

—Ya te dije que sí, Toña.

—Pero ¿de verdad lo vio usté al Pascual correr contra la puerta de vidrio?

—Shhh, baja la voz —ordena Lory.

—Pero ¿lo vio hacer eso después de comprobar que estaba cerrada la puerta?, ¿lo vio crujarla a propósito?

—Que sí, Toña. Pero ya cierra la boca.

Toña va al baño y la abuela Tita se sienta a mi lado, rendida. Mientras yo tomo de mi Coca y trato de no oler el perfume de la abuela, Lory empieza a cuchichear con ella.

—Yo solo dije la verdad, mamá.

—Cómo se te ocurre, hija.

—Tú también lo viste.

—Da lo mismo lo que vi. Van a preguntarse cosas.

—El niño está mal, mamá.

—Siempre ha estado mal.

—Vomita la comida.

—Tú también lo hacías.

—Por eso mismo.

—Y aquí estás, ¿no? Sobreviviste.

—…

—Es tu hermano, al fin y al cabo.

—Ya lo sé, mamá.

—Además ya sabes cómo es la gente de provincia, todo les asusta el doble.

—Mamá, no digas eso. Tú eres de provincia.

—No es lo mismo ser de Guadalajara que de Pachuca. La mujer es de pueblo y lo sabes.

—Te está oyendo la niña, mamá.

Ninguna de las dos parece interesarse realmente por saber qué pasa adentro con Pascual. Toña vuelve, se acerca al mostrador de emergencias, pero no le dan noticias.

—¿Qué sientes de que Pascualito arruinara tu fiesta y tu vestido? —me dice la abuela.

—¡Mamá! —grita Lory.

—Solamente digo la verdad, igual que tú.

—No lo hizo a propósito, Pascual siempre anda metido en problemas.

—Bueno, pobre niño. A ver quién lo va a aguantar ahora.

—¿Por qué dices eso, Tita? —pregunto.

—Pues porque además va a quedar deforme.

¿Es cierto? ¿Pascual va a quedar feo? Si hubiera sabido eso, jamás hubiera atravesado la puerta de vidrio a propósito. ¿Atravesaría la puerta de vidrio a propósito? Y todo ¿para arruinar la fiesta? El hombre debe ser feo, fuerte y formal, pero Pascual siempre ha dicho que quiere ser guapo. Sabía que yo no quería hacer la primera comunión, pero tampoco quería que nadie la arruinara. Era *mi* fiesta.

Se abre la puerta que da al área de emergencias y sale una enfermera. Que entres tú, nena, me dice. Toda la piel se me pone de gallina, hubiera sido mejor que llamaran a Toña. Aunque me siento especial. Antes de entrar, Toña me arregla de nuevo el vestido y me da *Animales de la Selva* para Pascual. Alcanzo a ver que la abuela falsa aprieta los labios viscosos de caracol.

Corro a buscar a mi hermano y a mamá, la misma enfermera me conduce hasta ellos. De camino, imagino que Pascual tiene la cara toda cosida. O a lo mejor vendada, como una momia de Egipto. Tal vez sigue sangrando, perdiendo tanta sangre que estará muerto o esperando que yo le dé mi sangre, o guardando su sangre en un frasco para vampiros de los que sí tragan sangre.

Pero no.

Tiene un larguísimo ciempiés que le camina desde la sien izquierda y todo lo largo de la quijada hasta la barbilla.

¿Viste, Guinea?, todos estaban alrededor de mí, dice emocionado, aunque habla raro… Como si estuviera medio dormido. Todos estaban preocupados *solo por mí,* dice. Todos me vieron y repetían mi nombre. Pascual, Pascual, ¡Pascual!

---------------------------- **Forwarded message** ----------------------------
From: Vampir@ Sonámbul@ <vampirosonámbulo@hotmail.com>
Bcc: ...
Subject: Recuerdos de casa
IP Address: México
Date: Mon, Dec 10, 2012 at 10:10 AM

El vampiro anunció la partida de Pascual. La abuela estuvo de acuerdo con que era necesario mandarlo lejos y dio opiniones (no pedidas). Necesita dis-ci-pli-na, necesita a-del-ga-zar. Mamá no piensa igual, pero nadie pregunta su opinión. Me dice que lo que Pascual necesita es a su mamá (que no está disponible, no contesta llamadas, y si responde es por equivocación o porque quiere dinero).

Yo te voy a decir cómo hacer para que Dafne nunca te deje de querer, dice Pascual. Mi truco: primero da poquito asco, luego es fácil y ni asco da echarlo todo, y si duele, piensa en estar flaca. Así empezamos a sacar la comida juntos; tragar y tragar Chocomilk, pan Bimbo, conejitas Turín, Cazares, y a sacar todo. Me gustaba sacar de esa forma lo que no podía decir y a veces vomitaba en la azotea de la abuela Tita.

Dejé de enterrar a mis peluches en el jardín, me pegaba en la panza luego de comer y eso me ayudaba a sacar, sacar, sacar. Pascual sabía de dietas, por eso me contó el truco. Al principio era como un juego, pero Miqui lo supo: te advertí, no hiciste caso, no abriste bien los ojos; tú no existes, Guinea, todos oyen *sí* cuando dices *no*, Guinea, somos muñecas para la basura, Guinea, basura, Guinea, y la palabra entró hasta mi panza y mi cola y se quedó oliendo ahí dentro, apestando, y me digo soy basura para la basura.

Toña es una estúpida. Aguanta un poco más, dice. Obedece, niña, tú puedes, habla con las mujercitas mini. Pero eso no sirve, Toña, y vamos a la escuela en coche; antes de bajarme, me abraza.

—No quiero ir, Toña.

—Aguanta un poquito más, niña.

—Estoy cansada.

—Acuéstate más temprano.

—No me deja dormir, el vampiro.

—Shhh, niña, no digas eso.

Me deja en el colegio con un sándwich de atún en la mochila; lo como escondida en el baño. Odio mi panza inflada llena de basura y mierda, me veo en los espejos, vomito, sentada en el escusado mastico mi pelo, y cuando vuelvo a casa, mamá pasa sus páginas y dice ¿sabías que Proust escribía acostado en un cuarto con corcho para aislarse del ruido y dormía de día?, luego voltea a verme, pregunta si estoy bien. No respondo, pregunta por mi lista de las cosas que quiero que pasen.

Quiero que se mueran las personas de esta lista. Que se ahoguen sus bocas en la noche, Virgencita.

La Virgencita no existe, oigo a Miqui. Dios no existe.

Pienso: existe mamá y nada más.

Quita tu cara de fuchi, Guinea, sonríe.

Sonrío.

Pronto me va a matar. *¿O ya estoy muerta?*

Te haces la muerta, oigo a Pascual; te veo, te espío.

Sonríe porque es tonto. Sonrío porque soy igual de tonta.

Oí a mamá hablando por teléfono, me dice. Hablaba de ti, Guinea. No me cuenta más y traen la comida. Mamá la pide sin grasa, Toña pone aceite en todo porque no sabe comer, dice el vampiro, esta gente no sabe comer. ¿Estoy gorda, mamá? Pero qué dices, Guinea, si eres la más preciosa, mi flaquita, mi florecita, sonríe, y la tarea la hacemos juntas, me concentro, quiero que mamá me quiera, quiero que me quieras más, mamá, quiero tener buenas notas, estar flaca y que me quieras más, más, más, y tal vez cierres bien la puerta esta noche. Con llave. Por la mañana, voy descalza a ver a las conejas. El vampiro me llama, ponte zapatos, ven a acariciarme los pies (que detesto), detesto sus asquerosas patas, no de sucias, de su crema que usa de noche. Pascual también tenía que agarrarle los pies cuando era más pequeño, y el vampiro diciendo que la gente como Toña vive con poquito, que sus cuartos huelen a pata, pero el de Toña no huele a nada, lo que huele a pata es él, a pata, a vino, a crema de masajes, rosavenus y guano (pero no de murciélago, de vampiro).

Arde poquito la cola, y me llama el vampiro otra vez, y la cola me arde, me arde la panza, me llama, me llama y llama, suénate los mocos, suénate la cola, suénate la cara con una piedra y que salga sangre, y termina el tiempo de esconderme, corriendo a la habitación del vampiro canto en mi cabeza *basura, soy basura, voy a la basura.*

Mi lista: que Pascual no se vaya.

—¿Ya me vas a decir? —le pregunto.

—¿Qué?

—Lo que oíste en el teléfono.

—Es de Paloma.

Sentí feo en el estómago.

—Dime.

—Su mamá llamó a Dafne.

—¿La mamá de Paloma llamó a mamá?

—Para contarle que *barbie* Lory le advirtió de ti.

—¿Qué cosa?

—Que Paloma no debería ser tu amiga.

—No es cierto.

—*Barbie* Lory dice que eres rara, eres mala para las demás niñas.

—¿Por qué?

—Porque ves cosas feas en la tele, babosa. Y te sacas sangre con las piedras del jardín.

—Oye… Pascual. ¿Sabías que mi coneja pintada habla de noche? —Señalé a Miqui.

Pascual empezó a reír y yo también.

---------- Forwarded message ----------
From: Vampir@ Sonámbul@ <vampirosonámbulo@hotmail.com>
Bcc: ...
Subject: Hechos ocurridos recurrentemente. Años 1990 - 1999
IP Address: México
Date: Mon, Dec 10, 2012 at 13:22 PM

Mamá dijo que cerraría la puerta de mi habitación con llave. Una única llave.

La llave es azul. Si apachurras el llavero, se prende una lucecita roja.

Aprieto los ojos y espero. Llevo piyama de pantalón y el calzón puesto (aunque la circulación se corte).

Llevo ojos cocidos, tejidos. Cancelados.

No veo a las miles de Guineas, tras Guineas, tras Guineas sucias, allá lejos, en el techo.

De madrugada, entra una llave. Se oye el cerrojo.

No es mamá.

Color púrpura intenso, olor a aquello que me hará vomitar más tarde y habré de vomitar por años.

Supe que había dos llaves azules: una la tenía mamá; la otra, el vampiro.

Lárgate.

No hables así, soy tu papá.

Eres pelos, crema, kuitips y babas, olores, lengua y dedos que echan a perder y hacen que todo huela a basura y mierda y pies y arcadas.

Una vez más, Guinea, por favor, sé buena.
Tú eres especial, Guinea.
Ponte la almohada, tapa tu cara, Guinea, ya sabes, no es nada.
Quédate quieta.
Si estás muerta, no sientes nada.
Juguemos, Guinea, una vez más.

Siempre es la última.
Pero nunca es la última.

Yo me quedo ahí, en la cama,
creo que desnuda.

Mis ojos se cierran.
Dormir, dormir por fin.

Después de cada guerra
alguien tiene que limpiar.
No se van a ordenar solas
las cosas, digo yo.

WISŁAWA SZYMBORSKA

Toña abre la puerta. De nuevo, la casa de los espejos.

—¿Eres tú, Guinea?

Entro sin saludar. Perdí el cariño hace mucho tiempo. O eso creo.

—Guinea, niña... Cuánto hace...

La miro por un momento, se ve mejor que aquella vez en la farmacia, pero el cambio es superficial: va arreglada para la ocasión.

Sigo de largo. El poder de ya no ser una niña, de saber a qué vine hoy.

Miro el retrato de Tita que aún da la bienvenida, suspendido por los mismos hilos invisibles que salen de entre las vigas de espejo. Vigila que todo marche como tiene que marchar, la misma mierda. Generación tras generación.

Y es que a la abuela siempre le gustó mirar sin dejarse ver, tras bambalinas, marcando su presencia con medallitas y retratos enormes que la muestran casi hermosa —a pesar de seguir siendo ella, de ser tan fea—, más digna, más feliz, menos miserable. No hay sonrisa, pero están los ojos de alguien: esos ojos le fueron implantados; porque es seguro que no son suyos, son de alguien que sí tenía ojos y se los prestó por la eternidad, un óleo. Óleo tradicional, sin mala cara, ni triste ni feliz, ni enojada ni complacida, como debe ser una mujer con tantos hijos, tantos nietos, tanta mierda. Como debe ser una abuela mexicana enrollada en collar de perlas, una abuela llena de dinero, llena de secretos que le cuelgan del cuerpo.

—El don no sabe que estás acá en su casa, niña.

—Será una linda sorpresa luego de catorce años de no pisar esta casa.

Toña no dice ya nada. Mejor; vine por una razón y no es a conversar con ella.

Me dirijo con miedo hacia la escalera que baja al sótano. A mi antiguo sótano. Pienso que un día, no tan lejano, la casa quedará vacía, aunque preñada de objetos repetidos por espejos, tras espejos, tras espejos. Imagino ese momento. Cuando los demonios mengüen y sus diosas ciegas mueran, llegará la hora en que los rayos del sol no dejen nada al misterio. Llegará el momento y estos largos túneles y estancias ciclópeas y paredes con huellas y reflejos se convertirán en pasillos y alcobas nada más.

Sonrío. Entro al baño de mi sótano y bebo un trago del termo mágico, tomo el rastrillo que guardé en mi mochila. Pienso en Pascual, en que Toña no preguntó por él. Me saco las sandalias y bebo un poco más, conecto la plancha de alaciado, quiero estar perfecta para lo que vine a hacer, para la primera comunión de la niña nueva. Me peino y, de vez en vez, acerco la plancha al cuello, lo quemo poquito a poco, una escalerilla de quemaduras rojas, camino que deja atrás un ciempiés y que lleva a descubrir un secreto.

—¿Niña?

—¡Ocupado!

—Guinea… ¿No hay una niñita ahí contigo? —pregunta Toña desde afuera.

—Lárgate.

—¿Está todo bien, Guinea?

—¿De cuándo acá te preocupas por mí, Toña?

La oigo suspirar, sus pasos se alejan. ¿Fui injusta con ella? ¿También la niña nueva se esconderá?

Tomo el rastrillo. Hago cortes regulares por todo el lado izquierdo de mi rostro. La mejilla parece atravesada por un gusano.

No es suficiente.

Bebo y tomo el rastrillo. Sigo rajando hasta dejar en mi mejilla la silueta de un gordo ciempiés, un homenaje al pasado. No son cortes profundos, pero son cortes en la cara.

Salgo del baño sin mirarme en los reflejos. Sé que son dos, cuatro, ocho Guineas caminando hacia el jardín, un pequeño ejército con una sola misión.

En la cocina sigue habiendo tres refrigeradores; hay un cazo con agua hirviendo, un tazón lleno de betabeles y huele al mismo detergente. Sin embargo, no queda rastro de los casi diez años que viví en esta casa. Basura para la basura, en esta casa hotel de paso, despieces duplicados en el techo, un hotel de paso olor a girasoles en el que todas las noches se hace un sacrificio, una ofrenda junto a las mesitas repletas de vírgenes, ángeles, arcángeles, cristos crucificados y figurillas de niños y ninfas de porcelana que miran sin mirar. Basura para la basura, y todos perderán su magia, y los ojos vigilantes de retratos cesarán, tan empequeñecidos que sus miradas ya no podrán continuar la tradición de rozar vestiditos, cabellos, pantaloncillos, penetrar piel suave, piel nueva.

Quien recorra estas galerías forradas de remilgados lienzos suspendidos, no sabrá lo que antes fue. De día, parecerá una casa nada más, una casa de espejos de familia católica, tíos, figuritas, primos feos, fuertes y formales, primas tontas y pechugonas de labios gruesos, diplomas enmarcados y galletas recién horneadas.

De noche, será un lugar desangelado, indefinido. Nadie prestará la menor atención a los gabinetes de baño en los que los niños pasaron tantas horas, ni al oscuro sótano o el cuarto secreto, que serán una bodega más.

Paso por la que fue mi habitación. Horno de plastilina, muñecos de cabezas infladas en flamante mansión Petshop último modelo. Ahí, donde antes hubo una tienda de campaña, un jardín fantástico, girasoles nocturnos y niebla.

Me asomo al cuarto del vampiro y de la esposa nueva. Conservan la misma cama. Y una lamparita.

Ahí debí asfixiarlo, pero mis brazos no daban.

Llego hasta el jardín. Está colmado de canciones, marimba y girasoles. Sonrisas flotan sin dirección ni sentido, una va hacia mí, corre nerviosa. La copa tiembla en su mano.

—¡Guinea! —oigo gritar; es *Barbie* Lory vestida de rosa y moño lila—. ¡Cuánto tiempo!, no te esperábamos.

—¿Y la festejada?

—¿Y esos pies descalzos? —pregunta parada en dos zancos, mirando al suelo y acomodando su enorme moño con ambas manos.

—Hace calor —contesto.

—No creo, es 12 de diciembre.

—Me conmueve lo mucho que la gente de esta casa se preocupa por mí ahora; hubiera sido bueno que se preocuparan tanto hace unos veinte años, ¿no crees, Lory?

—Qué bueno verte, Guinea —me dice, mostrando todos sus dientes; intenta alejarme de los invitados, pero yo ya tengo los dos pies desnudos sobre el pasto—. Como puedes ver, hoy la familia está en medio de algo.

—Solo vine a hablar con tu cuñada muy rápido.

—¿Vienes a hablarle de los correos de Pascual?

—Puede ser. Y de otras cosas que no aparecen en los correos.

—No pierdas el tiempo, ya toda la familia los leyó y nadie se lo cree.

—Déjame pasar —digo, seria—. Es urgente, Lory.

—No te metas, Guinea. —Me perfora los ojos—. Y con ese aliento a alcohol, nadie te va a creer.

Lory se aparta y avanzo entre vestidos rosa pálido, medallas oroplata, cruces, corbatas azul templado, blusas de seda blanca, perlas y brindis de cristal. Muchos rostros, el tío aquel, la prima aquella, Mechita, los socios regios, la vajilla azul Sanborns. Algunos me evitan. Otros observan con curiosidad de lupa. Quienes me saludan, despliegan una mueca congelada, y yo hago lo mismo. Imagino la silueta de Pascual, intento sonreír. Ya estoy sonriendo.

A sonreír, cara de fuchi. A sonreír.

Busco a la nueva esposa, a la nueva niña. No conozco sus caras, pero intuyo que son delgadas. Se sienten protegidas y a la vez tienen miedo. Sienten orgullo, euforia. Saben complacer todo el tiempo. Saben fingir y estar quietas. Niñas pequeñas que han encontrado a un papá nuevo, niñas etéreas suspendidas entre espejos.

Veo a la esposa. Viste Chanel, traje sastre azul oscuro, delgada como una chica de trece, no debe tener más de veintinueve, una manzana diaria, vino y champán; sin alcohol nadie sobrevive esta casa.

No sabe quién soy yo. Está bebida. Pasa de largo.

Cuatro manos me llaman hacia una de las mesas redondas y enmanteladas; parecen manos náufragas que ruegan desde su agrietada pecera, y yo me acerco sin pensarlo. Tomo el lugar que me ofrecen dentro de esa misma pecera fría que se agrieta y se agrieta, la única que me recibe. Esta vez no son manos pulpo repetidas en espejos, son manos reales, y la dueña de dos de ellas es, de nuevo, *Barbie* Lory.

Agacho el cuerpo y Lory me abraza con calidez de acrílico, brazos plásticos. Finge que no me ha visto antes, que no nos topamos a la entrada del jardín.

—¡Bienvenida! —grita como en el teatro.

Jala una silla para mí, quedo sentada entre ella y su vecina: la dueña de las otras dos manos, la de las perlas, la abuela Tita.

Los ojos de Tita traspasan mi piel. Esos ojos que han visto todo y se dicen que no han visto nada; luego de tantos años, sigue oliendo a perfume de baño. Sus labios iguales a los del vampiro me siguen asqueando. Sé que le repugno, y no por el ciempiés en mi cara; le repugno desde niña, simbolizo aquello que, según su mente retorcida, corrompe a su hijo. Igual le sucedió con Pascual y con todos los nuevos niños y niñas que pasan y han pasado por aquí.

Beso su cachete, hola, la boca se le tuerce.

—Mijita. —Hace una pausa, tal vez no recuerda mi nombre—. ¿Qué haces aquí hoy?

Años de jugar a la nieta y la abuela, y mi nombre desapareció de su memoria.

—¿Y ya estás bien, Guinea? ¿Ya te curaste? —interrumpe la barbie.

—Perdón, pero ¿de qué hablas, Lory?

—¿Cuántos cumpliste?

—Veintiocho.

—¿Sigues de sandalias con las patas al aire?

Nada respondo. Sigo esperando a la niña nueva y su primera comunión, ella va a darme fuerza.

Pero no aparece. ¿Estará en su propia cueva, en uno de los baños, en el sótano?

Sigo observando.

Con su traje de Chanel salpicado de gotas de champán y fuera de sí, la madre discute con Toña. Leo sus labios: pase lo que pase, tú serás la responsable, Toña.

Toña me mira de reojo y cree que no lo noto. No se lo perdona, tuvo el desliz de permitirme pasar, de no avisar de mi presencia cuando aún estaba en el sótano, encerrada en el baño, cuando aún podían detenerme.

¿Qué es de su hija Narda y de su nieta de labios-caracol?

De pronto, siento ganas de abrazarla, de decirle cuánto lo siento. La recuerdo en la farmacia contando monedas, temblando. Cuánto lo siento, Toña, que no pudiste cuidar a tu hija, que no supiste o no pudiste irte, que te quedaste en esta casa. Te quedaste ¿para qué?, ¿para cuidarle a otros niños al vampiro, para cuidarle los secretos?

¿Para sobrevivir?

Toña, ¿a quién cuidabas, Toña?

Qué cuidas ahora, Toña. Qué hay aquí. Para ti.

Veo a la esposa nueva otra vez. Camina erguida con su pelo rubio liso, devuelve una mirada. Su mirada dice una sola palabra: gané. Sonrío con tristeza. Es la esposa nueva, la número cuatro, ¿o cinco? Es alemana y se siente fina y elegante. Su hija es la niña nueva, pero el número no lo sabemos con exactitud; oficialmente, la niña siete. En la realidad, ¿cuántos niños hemos sido?

—Veo que te maquillaste para la ocasión —dice Tita echando una mirada fugaz a mi mejilla, al ciempiés de sangre.

—Guinea —retoma la *Barbie*—, la alemana ya lo sabe. Leyó todos los *mails*.

—Quiero decírselo yo. Además, todavía no llegan los últimos correos.

—¿Y eso cómo lo sabes? ¿Has hablado con Pascual?

—No necesito hablar con él para saberlo.

—¿Ahora manejan la telepatía? —dice con tono burlón—. Y yo que creí que ya estabas muy bien.

—¿Qué es estar muy bien? —pregunto.

—¿No te metieron a una clínica?

La clínica. Sí. Me la pagaron, me curaron. Ya va siendo hora de que esté muy muy bien.

Quedamos en silencio, Tita, Lory, y yo.

Entran los mariachis.

—Qué será estar muy bien —murmuro.

—Irte, mijita. —Me desliza la abuela—. Comprender que este no es tu lugar.

Me levanto. Deambulo pensando. No, este no es mi lugar y agradezco que no lo sea, pero nadie más que yo puede decidir dónde y cuándo hablar y contar mi historia. ¿A quién decírsela?, ¿a la esposa nueva?, ¿nada más a ella? Escúchame, dos minutos, por favor. Sí, así voy a empezar, escúchame un instante… Es momento de desenmascararlo de frente, no con cartitas; desde hace mucho ha sido momento.

Se lo digo y me voy. Aunque ya lo sepa, tengo que estar segura. Si no, ¿qué?, ¿seguir igual, más de lo mismo, más y más, como en los espejos? En esta familia hay un… hay un… ¿me atreveré a decir la palabra?

Acuérdate de Acapulco, canta una voz.

Acuérdate que en la playa
Con tus manitas las estrellitas
Las enjuagabas.

Canta una voz, una lengua y garganta que ahogan a todas las demás.

Me envuelve un olor nauseabundo a pies y crema de masaje.

A púrpura vino rojo nardo y rosavenus.

Acuérdate de Acapulco

De aquellas noches
María bonita, María del alma.

Me dirijo hacia el vampiro sonámbulo. Da la última nota y no saca sus ojos de mi mejilla. ¿Será que me reconoce?

Pero es Toña quien me toma del brazo y susurra:

—Vete, niña, ¿qué buscas aquí?

—¿No lo entiendes, Toña?, tengo que hablar con la esposa nueva, tengo que avisarle del vampiro, de los niños. Ella tiene que saber, todos tienen que saber...

—Tú eres la que no entiende, niña. Todos ya lo saben, siempre lo han sabido.

—No es cierto, Toña.

—Si nejesitas comprobarlo, ve ahora. La doña está en su recámara. Ve.

Por primera vez noto algo distinto en Toña. No sé lo que es, pero es bueno y ahí está. Tal vez siempre estuvo.

> Con un niño, la puerta siempre está abierta de par en par. Un niño no puede abrir ni cerrar la puerta del consentimiento. No puede alcanzar la manija. Simplemente, no está a su alcance.
>
> NEIGE SINNO

Leo es gerente de una cafetería en la Zona Rosa. Tiene una sobrina de siete, Xiomara. Nadie en su familia está enterado de su pedofilia salvo su padre, don Polo.

Empecé mi recuperación con lo del video que te conté, dijo Leo, y más o menos al mismo tiempo supe que mi hermano iba a tener una hija. Nunca había ni he tocado a un niño. Mi papá pensó que la familia se desintegraría si alguien se enteraba de la chingadera que me pasa y me mandó a Denver a trabajar en un restaurante y a que se me quitara la depresión. Él siempre se ha encargado de que yo no me quede solo con Xiomara.

Leo casi no se acuerda de su mamá, murió en un accidente de coche. Don Polo tiene sus propias cerrajerías, le encantan los charros y toda la parafernalia charra, las botas de piel y los sombreros, cosas que además lo hacen ver más alto y eso también le gusta. Leo lleva un año viviendo en México. Volvió de Denver y adoptó dos perros de esos que dizque se quedan pequeñitos. Tiene una buena colección de discos LP, otra de juegos de mesa, un montón de cojines a rayas y un surtido de tazas de colores con dibujos de caninos, felinos y otros animales. Ahora que estamos sentados en la mesa de su cocina (yo con los dos mini perros encima) lo veo distinto. Distinto a todo lo que imaginé cuando le escribí el primer correo. Es como si estuviera en la casa de cualquier amigo de la universidad, no hay diferencia, salvo lo que yo sé de él. Lo que me ha dicho.

—¿Por qué aceptaste conocerme, Leo?

—Por Pascual. Me contó lo que viviste de morra.

—No soy la única.

—Antes de que Pascual te diera mi *mail* y fon, no me sentía listo. Fue buen taimin.

—Y tenemos la misma edad.

—Me llevas un año.

—Ay, eso no es nada.

—Un año es un año, Guini.

Leo nunca me va a dejar de decir Guini. Se levanta y revisa las botas del congelador por sexta ocasión, cada vez más deformes y estriadas.

—¿Cómo las ves?

—No puedo levantarme a verlas porque tengo dos perros encima.

—Es que hueles a tus gatas. Pero mejor no te levantes porque el Charlie muerde, Guini. ¿Ya me vas a decir por qué traes la cara toda rayada?

—Tuve que hacer algo así como un *performance*.

—¿Cómo que *performance*?

—Necesitaba que ciertas personas me vieran así en una primera comunión.

—Okey… Es la cosa más extraña que he escuchado. ¿Y no podías pintarte los rasguños en lugar de cortarte de verdad?

—No es una mala idea, para la próxima. ¿Tienes tequila? —pregunto antes de que la ansiedad me coma; no llevo conmigo el termo mágico.

—Mezcal. Pero ¿qué no eres doble A?

—A veces. Ahorita ando en pausa. Oye, Leo, ¿por qué le tienes tanta confianza a Pascual?

—No sé. Me entrevistó cuando vivía en Denver y luego me volvió a buscar, nos caímos bien. Hicimos clic —dice—. Me gusta cómo escribe, hizo un buen artículo sobre mí y los compas del grupo.

—¿En serio publicó sobre ti?

—Sí, pero de forma confidencial, con otro nombre. A mis dieciocho mi pa me consiguió una cita con una loquera. Se llamaba Dulce y tenía su consultorio en Yácatas, en la Narvarte. Fue una experiencia muy fea. Me gustó conocer a tu hermano. Alguien que no me juzgó y de alguna manera me entendió.

Me lo quedo mirando; puedo casi morder el dolor en su aliento. Es áspero y quema.

—¿Tu papá sabía para qué de la cita?

—No. Nomás le pedí la ayuda. Llevaba tanto tiempo queriéndome dar cran, y fracasando en el intento de dejar el porno infantil, que le pedí la ayuda.

—¿Y qué pasó?, ¿fueron juntos?

—Se quedó en la sala de espera. Esa cita fue de las peores chingaderas que me han pasado, Guini. En serio.

Imagínate la escena, dice. Es la primera vez que me atrevo a pronunciar en voz alta que me siento atraído por los niños. Bueno, obviamente primero le cuento a la loquera un poco de mí, ya sabes, que tengo dieciocho en ese entonces, que me quiero dar cran porque ya no soporto la culpa y la vergüenza de ser un pinche degenerado. Y luego pronuncio la palabra esa que hace que la pinche Dulce cambie: pedófilo. Hasta me acuerdo cómo dejó de sonreír la che vieja. Repite lo que acabas de decir. Me quiero matar, repetí. Pero hace un momento mencionaste que eres un pederasta, dijo bien enojada. Nunca he tocado a un niño, nunca. Ella me preguntó varias veces si estaba seguro de nunca haberlo hecho. Tocado a un menor, pues, pero lo hizo como acusándome y te juro que pocas veces he sentido tanto miedo, pensé que la vieja iba a llamar a la tira. En vez de eso, llamó a mi papá. Imagínate, resulta que no podía guardar el secreto ni porque yo ya tenía dieciocho.

Luego de escucharlo, abrazo a Leo con fuerza. Me abraza de vuelta y siento que él es quien me está consolando a mí.

—Y cuando la Dulce le dijo todo a mi pa, el pobre no entendía nada.

—¿No sospechaba?

—No. Creía que yo tenía morra y que estaba embarazada.

—¿Y cuando entendió todo?

—Fíjate que me calmó. Dijo vamos a encontrar a alguien que te ayude, mijo.

—No puedo creer que le escondieran tu situación a tu hermano. Digo, a pesar de que tu sobrina venía en camino.

—Ese es un tema largo y en parte por eso me fui a Denver.

—Pero ¿cómo podías estar seguro de que no ibas a hacerle nada a otros niños?

—Me mato antes de lastimar a alguien, Guini.

—Ojalá. Porque eso pasa, ¿no? Son más las víctimas las que se quitan la vida años después, cuando en todo caso tendría que ser al revés.

—Mi papá me preguntó por qué sentía eso por los niños —continúa Leo—, y yo le dije pues no sé, pa. Así soy nomás. Fue cuando Dulce insistió con que esa chingadera tenía una razón muy clara.

—¿Cuál razón?

—Que seguramente habían abusado de mí cuando yo era morrito. Que los abusadores fueron abusados y lo repiten y repiten. Puso muy nervioso a mi papá.

—¿Por qué? No entiendo.

—Pues porque le dio miedo que Dulce creyera que él me abusaba de morrito, imagínate el trip tan loco de la seudopsicóloga.

—Qué pendeja la tal Dulce. Si así fuera, entonces la mayoría de los violadores serían mujeres porque son la mayoría de las violadas.

Leo ya está listo para irse al cumpleaños de don Polo. Nos da tiempo de tomar otro mezcal. Yo, descalza y con las piernas cruzadas sobre el sillón, con los dos perros rodeándome; él, por fin metido en sus botas húmedas. Todavía le quedan veinte minutos, se ve *cute* con su chamarra de cuero vegano. Según él, por lo menos una de sus prendas respeta a los animales.

En el video del que te hablé, comienza sin que yo tenga que preguntarle otra vez, aparecían una bebé de más o menos un año y medio y un hombre. Yo no quería ser ese hombre, pero de alguna manera ya lo era. Pensé en muchas maneras de matarme. Salía a vagar por ahí cuando mi papá ya estaba dormido, a esas calles en donde sabes que algo puede pasar. Pero nunca pasó. De haber podido, hubiera matado al hombre del video. Como no podía, quería matarme yo.

---------------------------- **Forwarded message** ----------------------------

From: Vampir@ Sonámbul@ <vampirosonámbulo@hotmail.com>

Bcc: ...

Subject: Houston y camping

IP Address: México

Date: Tur, Dec 20, 2012 at 4:47 AM

El día que llevamos a Pascual a su campamento, tuve miedo por el bebé que se formaba dentro de mamá. También sentí celos de ver que en el avión ella se sentaba junto a Pascual y le acariciaba la mejilla, esa que tenía un ciempiés.

Volamos a Houston y anduvimos en coche hasta donde sería la nueva casa de mi hermano. El vampiro manejó tres horas de puentes, anchísimos carriles y carreteras grises, pasando por tiendas de colchones, comida para animales, gasolineras y tráileres infinitos. Atravesamos hacia otro planeta solamente por y para Pascual.

Casi nadie habló en el coche más que los señores del radio y en puro inglés. Me hubiera gustado ir cantando en el asiento trasero, pero mamá iba seria, quejándose de los mareos. Ojalá al bebé no lo muerda el vampiro, dijo Pascual en secreto. Ojalá el bebé sea hermanito y no hermanita, pensé. Así lo extrañaré menos, a Pascual. Paramos en las tiendas, había dulces diferentes y hasta más ricos que los de México. El vampiro nos dejó comerlos todos. ¿Qué sentirá el bebé dentro de mamá?, me preguntaba. ¿Podía oler esos dulces a través de ella? Imaginé volver ahí dentro para acordarme cómo es en las panzas.

Ahora mamá está triste y siempre la oigo decirle a tía Berenice por teléfono que no sabe qué hacer conmigo, el bebé, Pascual, el vampiro.

Cuando por fin llegamos a dejar a mi hermano al *camping*, guau… Quise dibujar el jardín y la casa para que Paloma pudiera verlos, aunque sea imaginarlos. Eran grandes, y como mamá dijo que tal vez mi hermano estaría triste, yo llevaba una bolsa con algunos de mis muñecos y dulces que Toña empacó. La verdad ya no los saqué (ni siquiera los más feos) de tanto que me gustó el lugar. Su casa iba a ser más bonita que la mía.

—Vamos a esperar a que terminen de evaluar a tu hermano —dijo mamá; mientras, nos sentamos ella y yo en una gran sala frente al mostrador.

—¿De qué están evaluando a Pascual?

—De su salud, que no tenga enfermedades.

—Nos lo van a componer —explicó el vampiro sonriendo—, lo van a hacer hombrecito, lo van a enflacar. Ya no va a perder el tiempo con flautitas.

—No hables así de tu hijo, cielo —contestó mamá—. Tú también tocabas cuando tenías su edad. Y cantas, todo el santo día cantas.

—Yo hablo de mi hijo como me dé la gana.

Ni siquiera el día de la despedida podía ser lindo.

—Pascual está mal por culpa tuya —dijo mamá—. Si lo trataras diferente…

A mamá le dolió la panzota. Unos señores vestidos de soldados vinieron con mi hermano y me dio piel de gallina.

Pascual entró a otro cuartito con los señores y el vampiro. Esperamos. Pensé que tal vez un día ellos me iban a examinar a mí. No debía ganar peso ni tocar flauta, anotado. El vampiro salió con su cara de siempre; no se sabe si está contento, triste o enojado: la misma cara para todo. Algo bueno es que la maquinita de dulces tenía los mismos que probamos en carretera. Hubba Bubba, cigarros de chocolate y Sweetarts. Pedí tres de cada, por dos razones. La primera: para darle a Pascual y a Paloma. La segunda: presumirlos en la escuela.

—¿Míster? —preguntó un viejo serio parecido al papá en *La novicia rebelde*.

—Sí, sí —contestó el vampiro—, pero por favor hablemos en español.

—Pasemous en la oficina, míster.

—Aquí estamos bien, mi mujer y mi hija pueden escuchar.

—Ok. Le reiteramous, míster, las conductas su hijou serian musho mehor atendides en clínica que ezta esguela…

—Y yo le reitero a usted, mi míster, que a mí me prometieron componérmelo aquí, quitarle lo afeminado y lo gordo, y aquí se queda.

—Eze no es el proublema de fondou. Nosotros no podemous repawrar…

—A ver, mi míster. ¿Cuánto dinero me va a costar que se lo queden?

Mamá me tapó las orejas, fuimos por unas Coca-Colas a escondidas del vampiro (por eso de que el azúcar es lo peor). Pascual estaba encerrado en una oficina grande, llena de medallas, estatuitas de águila y trofeos; se supone que era súper guau, pero no me gustó. Pascual no se veía ni contento ni triste. Mamá le preguntó varias veces si realmente quería quedarse en el *camping* y él dijo sí. Obvio. Yo ya sabía. Iba a ser menos infeliz ahí que en la casa de los espejos donde ya se estaba convirtiendo en niño fantasma. Yo no entendía cuál era la enfermedad de mi hermano ni por qué mamá insistía tanto con que sería mejor una clínica; la gente malita debe estar en la cama, muy flaca o algo, aunque el vampiro dice que ser gordo es lo mismo que estar malo (y, en ese momento, mi hermano estaba bien gordo). Mamá dijo: si tú te quieres ir de aquí, Pascual, te vienes con nosotros, no tienes que quedarte.

Pascual eligió el *camping*. Entonces, ¿puedo cambiarme a tu recámara? Ándale, tiene salida directa al jardín. Dijo no. Tal vez planea volver pronto, pensé. Mamá se levantó con mucho esfuerzo y salió. Nos quedamos solos un rato Pascual y yo, sin saber qué decir.

—¿Sabes por qué se fue la hija de Toña de la casa de los espejos? —preguntó de repente.

—Ni idea.

—No te digo.

—No me importa.

—Te voy a decir de todas maneras.

—Ajá.

—Se fue porque tuvo una hija.

—Ya lo sé. Vive en Acapulco con su tía.

—No me entendiste, babosa.

—…

—La que tuvo una hija es Narda, la hija de Toña.

—Okey…

—La tuvo siendo niña. Oí a Lory y la abuela Tita hablando de eso.

—¿Y qué? —respondí sin entender.

—U-na-be-bé-sien-do-ni-ña.

—Mmmm. Narda se hubiera podido quedar en la casa de los espejos con su bebé, ¿no?

—No.

—¿Por?

—*Barbie* dijo que le contaron chismes.

—¿Y?

—Dicen que la bebé de Narda sacó los labios rojísimos. Labios viscosos de gordo caracol.

Mamá volvió. Se desplomó junto a Pascual, le insistió con que podía volver a la casa de los espejos. ¿Pasa algo más, Pascual?, ¿hay algo que no estás diciendo? Mamá volteó hacia mí, siéntate en la esquina a dibujar, Guinea, vete para allá.

—Yo sé que se llevan fatal —dijo mamá con voz baja—, pero él te quiere. Además, aquí no vas a poder ni siquiera tocar la flauta. Allá sí. Es tu casa.

—Él me está corriendo. Lo odio.

—Pues yo no, y es mi casa también. ¿Pasa algo más? Puedes confiar en mí.

—Nada.

—Dime, Pascual. Por favor.

Yo tarareaba para que no se fijaran en mí. Dibujé el jardín, pasaron corriendo niños en fila india. Cargaban una bandera y todos iban vestidos igual. No había niñas.

—Entonces, ¿por qué te quemas las piernas, Pascual?

—Porque odio ser yo.

Aquí lo van a componer, dijo el vampiro al entrar en la habitación, ya todo va a estar bien. Me puse contenta de pensar en eso y terminé otro dibujo para mi hermano donde aparecía él (flaquísimo y con su cicatriz en forma de ciempiés), mamá embarazada y yo, los tres tomados de las manos. Se lo regalé a Pascual para que lo colgara en su cuarto nuevo que compartiría con un niño flaco. Era una habitación medio vacía, no tenía ni pósters, ni grabadora, ni casetes. Medio gris, medio aburrido, pero al menos mi hermano llevaba su libro *Animales de la Selva*. Dejé el otro dibujo para su compañero, un conejo con picos de puercoespín y ojos de lechuza que vivía en la luna.

Antes de despedirnos, Pascual intentó escuchar cómo latía el corazón del bebé dentro de la panza de mamá. Nada, no oigo nada, dijo.

Y nos fuimos.

Hice mi lista en el coche:

que Pascual ya no se lastime sus piernas

que también haya niñas en el *camping* (no nada más niños)

que el vampiro se muera (ya es viejo) antes de que Pascual vuelva

—Guinea —dijo mamá desde el asiento del copiloto.

—Qué.

—Tenemos una sorpresa.

—Cuál.

—Tu hermanita —dijo el vampiro—, la que viene en camino. Ya sabemos qué es.

—¿Niña?

—Niña, es una niña.

Sostengo
el ataúd de mi infancia
sobre mi hombro

Suzanne Alaywan

Una bebé de año y medio, amarrada.
Ojos abiertos. Muy abiertos.
Ojos y miedo.
Aparece a cuadro el torso desnudo de un hombre.
La bebé llora de un llanto desesperado.

Leo no apaga el video.

El hombre se acerca.
La nena no para de gritar.
El hombre defeca encima de ella.

Leo sigue mirando.

Y la nena para de gritar y de llorar,
se atraganta.
Ya no puede ni llorar ni gritar.

Leo borra el video.

Algún día, criatura encantadora,
para ti seré solo un recuerdo,
perdido allá, en tus ojos azules,
en la lejanía de tu memoria.
Olvidarás mi perfil aguileño,
y mi frente entre nubes de humo,
y mi eterna risa que a todos engaña,
y una centena de anillos de plata
en mi mano; el altillo-camarote,
mis papeles en divino desorden.
Por la desgracia alzados,
en el año terrible;
tú eras pequeña y yo era joven.

MARINA TSVETAEVA

Cuando mi tía Berenice y yo llegamos a Acapulco la tarde del veinticuatro de diciembre, Dafne ya nos esperaba en la casa que había rentado. Nos abrió la puerta con el *4.40* de Juan Luis Guerra a todo, y en ese momento intuimos que estaba acompañada. Entramos con las sonrisas forzadas.

—¡Bienvenidas! —dijo Dafne, abrazándonos—, ¿y las gatas?

—Las dejé en la ciudad, mamá.

—Pasen, pasen, les tengo una sorpresa.

No recuerdo qué dije, pero estaba incómoda de ver a otras cinco personas en la terraza. Detesto encontrarme con gente que no esperaba y le di un trago a mi termo mágico (necesario si pensaba sobrevivir una semana ahí); Berenice, que iba en fachas, se acomodó el pelo lo mejor que pudo y saludó de lejos. Yo ni siquiera sonreí, reclamé mi recámara y Dafne nos llevó directo hacia allá.

—No seas grosera, Guinea, por favor, ¿sí?

—La grosera eres tú, ma, que no nos avisas de la bola de nefastos que tienes aquí.

—A ver, Guinea. Si vamos a echarnos cosas en cara, ¿qué estabas haciendo hace quince días en la casa del papá de Pascual toda arañada de la cara?

—No empiecen —intervino Berenice—. Guinea tiene razón, si ibas a invitar a tantas personas debiste avisar, Dafne. Sabes que detesta ver gente.

—Si le avisaba, no iba a querer venir.

La sorpresa que Dafne nos tenía era Pascual. Pascual de carne y hueso. Después de años de no haber pisado México, de haberse quedado en Gringolandia, ahora estaba delante de nosotras. Nos abrazamos largo y tendido, sí. Y fingimos no saber que nos íbamos a encontrar para darle gusto a Dafne. No sé si hubiera tolerado Acapulco de no ser por Pascual. Seguro habría soportado toda la semana por quedar bien con Dafne, con el mundo y con todos los demás. Gente imaginaria que me observa desde quién sabe dónde, carajo. A veces resulta que todo se trata de cuidar esa imagen de perra sumisa. De cuando la sumisión era la única alternativa.

La conversación entre Pascual y yo no fluyó tan fácil. Él se sentaba siempre a la sombra, sobrio pero sonriente, amable, poniendo especial cuidado de no quemarse el ciempiés que le había quedado cicatrizado en el rostro. Se veía bello, a pesar de los kilos de más, los años de terapia y llanto que le adivinaba en las ojeras, y las arrugas prematuras de treintañero. Los invitados de Dafne lo rodeaban, por supuesto. Y es que sus ojos seguían siendo los mismos, transparentes. Buenos. Tenía esa mirada tan suya, una mirada que cree en los demás. Un cuerpo de oso que dan ganas de abrazar y de amar. Y que se deja.

Yo, en cambio, me escondo, evito a los otros. Me alejo, desconfío; prefiero beber y ponerme al sol, estar donde pudiera ver a Pascual, pero sin hablarnos. Y es que él no me había respondido por años, y después había sido yo quien no había querido saber nada.

Todavía hoy no quiero saber nada de las personas de ayer.

La casa que rentó Dafne era una barbaridad. Tenía una vista demasiado bella, todo era en exceso bien elegido, de tan buen gusto que daba náuseas, diseñado para ese espacio perfecto. Detesté el lugar y a la vez me encantó, pero en secreto.

Antes de que terminaran los días en Acapulco, pude acercarme más a Pascual, des-entiesarme.

—¿Cómo te fue en la primera comunión?

—La esposa nueva sigue con tu papá. Y seguirá.

—Me dijo Toña.

—¿Y cómo hablas tanto con ella? Si vives en pinche Redneckland.

—Pues ya ves. ¿Tú por qué hiciste pasar la dirección IP por una de Colorado?

—Para chingarte. Ya que tanto querías echarte la culpa.

—Babosa.

—Toña me echó la mano para poder hablar con la alemana, pero la tipa dijo que ya lo sabía todo. No me sacó a gritos por las visitas.

—¿Se lo explicaste bien, aunque dijera que ya lo sabía?

—¿Tú qué crees?

—No quiero que se repita todo otra vez, Guinea. Tú por lo menos lo denunciaste.

—Pero eso no llegó a nada. Ya había prescrito y la esposa de ese entonces también le creyó a él.

—Carajo, debíamos incendiar esa puta casa.

Sonríe y me viene un recuerdo como golpe.

Pascual seguía en la casa de los espejos,

con nosotros.

Lo oí dentro de mi tienda de campaña.

Se sacó los pantalones, se sentó en el piso de piernas cruzadas.

Sus ojos parecían los de Miqui. Ojos peluche.

Agarró la tetera roja, vertió gotas de agua hirviendo.

De una en una. Sobre sus piernas.

Piernas decoradas de ampollas blancas, grietas de carne.

Carne viva, ampollas rosas, blancas.

¿Qué haces, Pascual?

Existo, Guinea. Soy real.

Quiero que sepas qué se siente, Guinea.

¿Qué se siente qué?

Y sus ojos ya no estaban vacíos.

Ahora estaban llenos de agua.

Esto es tener la mordida del vampiro.

---------------------------- **Forwarded message** ----------------------------
From: Vampir@ Sonámbul@ <vampirosonámbulo@hotmail.com>
Bcc: ...
Subject: Hechos recurrentes durante nueve años. 1990 - 1999
IP Address: México
Date: Wed, Jan 30, 2013 at 12:00 AM

Este papá es muy limpio. Muy. Sí.

Por eso me llama al baño.

Cierra la puerta, Guinea bonita. Dobla el papel en cuatro.

Lo doblo.

Ponle agua, ven. Límpiame el culo, dice. Obedece.

Entro al jardín verdeazul, no salgo de mi tienda de campaña. Soy una coneja, no respiro, no me muevo, vuelo al centro de la niebla entre unicornias, pegasos, cochinas, girasoles y liebres.

¡Guineaaaaa!

No contesto.

¡Guinea!

Aviento mis unicornias contra las paredes.

¡Guineaaaaa!

Pateo mi tienda de campaña.

¡Niña!

Rompo los cochinos.

¡Gui-ne-aaaaa!

Me corto la cara.

Una noche, apilo los viejos juguetes del vampiro. El tambor rojo, el de rayas verdes, las maracas, el bongó azul cielo, las panderetas, el payaso de lata….

Los recargo contra la puerta.

Cuando el vampiro sonámbulo la abra, se va a caer todo.

Cuando venga, va a pasar lo único que quiero…

Se va a despertar ella.

Mamá va a venir esta noche.

Los juguetes caen, el sonámbulo en la puerta.

Mamá no viene.

Quiero ir al jardín de Miqui,

pero en el jardín, los gorilas pisan las flores.

Recuerdo mi niñez
cuando yo era una anciana
Las flores morían en mis manos
porque la danza salvaje de la alegría
les destruía el corazón

Alejandra Pizarnik

Pascual y yo siempre nos dijimos la verdad. Siempre nos quisimos. Me reclamó que no le contestara. Siempre te quise, te extrañaba, pero nunca vi el punto de buscarte después de todas esas veces que no respondiste. ¿De qué íbamos a hablar? ¿De las mordidas? Ni siquiera soy capaz de llamar las cosas por su nombre cuando me miras a la cara.

Cuando dijiste que tu papá controlaba el sueño, no sabíamos por cuanto tiempo iba a ser así. No sabíamos que la única forma de liberarnos un poquito, cada día, era decirlo. Dejar de callar, de portarnos como si los que se tuvieran que avergonzarse fuéramos nosotros.

Porque el tiempo no lo cura todo. Hay que ganarse la cura.

Por eso escribí todos los correos. Y porque sabía de la niña nueva antes de que tú me lo dijeras. Qué tonta, pensé que mis correos iban a cambiar algo.

¿Quieres que hable contigo? Puedo hablar, no sé si te guste.

Hablar de lo que es, preguntarme qué partes de mi historia son solo mías, porque uno que otro se verá raspado;

una que otra se me echará encima, como cuando denuncié, exigí una indemnización y me acusaron de extorsionar; hablar de cuando le avisé a la esposa anterior y luego a la alemana, pero dijeron que la enferma era yo; sentir miedo y borrar un pedazo de la historia, aunque de todas formas esté hecha pedazos; al mismo tiempo, que mi hermano y mi mamá me digan te quiero, te apoyo, no borres nada; hacer las cuentas para denunciar, percatarme de que fui mordida por casi nueve años, casi todas las noches, un total de tres mil ciento tres noches, guau, un retazo humano, eso soy; denunciar y que sea demasiado tarde porque la ley es basura para la basura, porque los niños también tienen que saber denunciar a tiempo, no importa que sean niños, aplica la prescripción; sentirme culpable porque los violadores de niños "también tienen cosas buenas": una vez me llevó a Disney y además me pagó la escuela, porque mi papá verdadero y original *ni sus luces*; no enterarme de que algo no encaja, pensar que es normal que me traten de loca o de tonta o de puta o de mala; ¿es normal que me digan que me van a cambiar por alguien mejor, alguien más joven como si fuera mercancía?; saber que ya todo está bien en mi vida, debería reconciliarme con la gente de antes, saludar a mis excompañeros de escuela, frecuentar a "mi familia paterna" que nunca estuvo y no tiene la culpa de "nada"; no sentirme bien si no me adormezco un poco, tampoco sentirme viva, buscar formas de ser real encajando algo en mi piel, esperando un golpe; recordar un olor a crema, una lengua, mirada, color púrpura mientras estoy con mi pareja, mientras estoy en una cita, y querer matar a esa persona y luego no saber explicar mi odio; pasar por una calle, un parque, un edificio que no es solamente una calle ni un parque, es un lugar cargado y cagado de recuerdos y esperma que no quería recibir; querer huir sin saber por qué ni a dónde, todo lugar es mejor que en el que estoy; saber que quien me rodea me ama, y al mismo tiempo no sentirme real; encontrarme un mensaje de un hombre que debió ser mi papá y que, cuando bebe de más, dice que le hubiera gustado verme crecer, que "ahí está", que ya se acostumbró a que yo no responda, y en vez de sentir bonito, siento el impulso de contestar que yo también me acostumbré a que no me respondiera cuando lo necesitaba. Ya es demasiado tarde.

No te advertí que las plantitas
se pisotean fácilmente

Maram Al-Masri

La última vez que nos vimos, Leo dijo que tenía novia.

—Es delgada y pequeña, sobre todo muy delgada. Depila su cuerpo completo, como si fuera una niña. A veces pienso que lo es, una de once o doce.

—¿Y cuántos tiene?

—Veintisiete. Si me concentro en el cuerpo, en verdad pienso que estoy con una de ellas.

—¿Una de ellas?

—De las chicas que veo en los videos. Pornografía japonesa, ¿sabes, Guini? Son mayores de edad, pero sus cuerpos no lo parecen.

—Me alegra que tengas novia —dije.

—También quise conocerte para saber si estabas mal.

—Eso es terrible, Leo.

—Quería ver si de verdad hace daño que crucemos la línea.

—Desde mi forma de respirar, de comer, hasta mi manera de levantar la mirada. Todo fue aplastado.

—*BabyLolita+Dead*. ¿Tengo ese poder?

Por un segundo sentí miedo. Indagué en su mirada.

—¿Crees que yo estoy jodida, Leo? —Le di unos segundos para responder, pero se quedó callado—. Mejor no contestes.

La última vez que nos vimos, Leo también dijo lo que siente.

Atraído por lo pequeño de los cuerpos,
genitales diminutos.
Cuerpos sin vellos.
Piel nueva.

Suavidad, ligereza de piernas, brazos, pompas pequeñitas.

Piel siempre lampiña. Completa inocencia.
Angelical.

Justo ahí, siente una avidez, una urgencia más potente: corromper, devastar la pureza.

Un permiso para
cagarle encima.

¿Por qué?, pregunté.
Porque puedo.
La oscuridad no es tan interesante.

Cuando muera, prometo perseguirte para siempre.
Un día escribiré sobre las flores como si fueran nuestras.

Noor Hindi

Pascual y yo nos volvemos a ver antes de su regreso a Colorado.

—¿Y qué haces en Denver?

—Toco la guitarra en el bar de un hotel dizque elegante. Los sábados me junto a tocar la flauta con mi esposo y una amiga música. También hago entrevistas, escribo artículos.

—¿Y en tu tiempo libre?

—Lo que resta de mi tiempo lo dedico a odiarte.

Nos reímos al mismo tiempo, como cuando niños. Me lo quedo mirando, y aunque está más gordo que nunca, reconozco su carita de niño malhumorado. Lo abrazo. Él acaricia mi mejilla apenas marcada con el ciempiés gemelo del suyo.

—¿Vas a venir a conocerlo? —pregunta.

—¿A tu esposo? Muy pronto.

—Oye. ¿Algún día vas a escribir distinto?

—¿Distinto de qué?

—Menos triste. Cuando leo tus correos, me recuerdan que nuestras noches no eran nuestras.

Es cierto, nuestras noches no eran nuestras; pero no me costaba diferenciar la realidad de la mentira. De pequeña siempre supe qué pasaba y qué era lo que me decían que pasaba, pero no era cierto. Lo sabía casi a detalle. Y aunque no me gustaran las cosas que ocurrían, había una certeza. Confiaba en mí.

Hoy no es así. Hoy es turbio, florece la duda sembrada en esas habitaciones forradas de espejos.

—Quería entender —digo—. No sé si sirva de algo, me siento angustiada todo el tiempo. Tengo siempre miedo a incomodar.

—¿Nada cambió?

—Muchas cosas. Estoy menos enojada, como si ya no hubiera nadie a quién culpar. Muchas veces me descubro sonriendo por ya no ser una niña, por estar viva y ya no atrapada en un laberinto de espejos. Aun así, confieso que esperaba otra cosa.

—¿Otra cosa de qué?

—De la vida, carajo. Encontrar más. Aún no se revela la magia que yo imaginé de niña, quizá no exista. Pero por ahora, con esto me basta.

—Oye. Yo también tengo miedo. De respirar demasiado fuerte, de ser rechazado. Yo también dudo.

—¿Dudas de si lo que ves o piensas es cierto?

—Dudo de todo. Hasta de si soy capaz de tocar la flauta o de amarrarme las agujetas antes de salir. Dudo de si quiero agua o comida. O de si dije que sí o que no.

—¿Y qué haces?

—Levantarme y hacer lo que tengo que hacer.

—¿Cómo?

—Como salga. Lo mejor que pueda.

AGRADECIMIENTOS

Gracias a Alberto Kritzler, mi compañero de vida, por estar aquí.

Gracias a Eloísa Nava por confiar en este proyecto, por sus comentarios y la edición a la novela.

A Sara Casanovas, mi amiga y lectora.

A las escritoras del taller *migración* que me acompañaron durante toda la escritura, Leni Flores, Laura Labella, Mariana Covarrubias, Marcia Mendieta y Sara.

Por sus lecturas y comentarios, a Amelia Bande, Alejandra Laurencich, Giovanna Rivero, Sebastián Antezana, Lucía y Adriana Abdó.

A Luke Malone por sus importantes investigaciones y en especial por el artículo "*You're 16. You're a Pedophile. You Don't Want to Hurt Anyone. What Do You Do Now?*".

Gracias a todas las personas que resisten en tiempos oscuros.

Esta obra se terminó de imprimir
en el mes de septiembre de 2025,
en los talleres de Impresora Tauro, S.A. de C.V.
Ciudad de México.